艾珍媽咪和動物貝比

譚艾珍 文、圖

推薦序／張小燕

我認識的譚艾珍

譚艾珍——在我剛認識她時，還是位天真、好玩的少女。

前兩天去看《梁山伯與祝英台》舞台劇，看到她女兒也在台下，跟我一起欣賞台上又唱、又演的那個祝英台的媽媽與師母的角色——老艾！

說起老朋友總覺得時間飛快，在譚艾珍臉上卻好像看不出來，她似乎年輕時就在演老太太，雖然現在也不小了，依然看起來像個愛玩的小女生。

她有很多的愛，分別給了家人、女兒、朋友、狗狗和蛇等等，舉凡會活蹦亂跳的東西她都愛。也許就是這種滿滿的愛，讓她在經歷許多人生的苦痛中，仍然是笑容滿面地去面對。

那種滿滿的愛，使得她至今仍像個純真的小女孩。

推薦序／王偉忠

愛動物的小艾

我喜歡小艾！（這個年頭，還有人稱常演祖母的譚艾珍為「小艾」者，幾稀！）我們認識快三十年了！看著她結婚、生子、養一堆動物，甚至到後來，她老公「歐陽」離世、孩子長大……你知道嗎？「小艾」的眼神，從來沒變過。

該怎麼形容她那股感覺？善良、熱情、樂觀、溫暖……都太抽象，反正我喜歡小艾。想多認識這麼一位可愛的女性，想必看看她的新書應該會有所了解。

對了，有一點我可以確定，她每次看我的眼神，就像——看到一隻能保護她的巨大狗熊……沒錯，她就是這樣看我！愛動物的小艾，一定也是喜歡我的！

推薦序／歐陽靖

和動物一同分享母愛

我最佩服母親堅忍不拔的耐心、愛心跟毅力，就算是身處多困苦的生活環境，她只要面對這些小動物時總會露出慈愛的微笑，就像朝陽一樣。

我是從小在動物堆中長大的，跟猴子玩扮家家酒、用蟒蛇當項鍊，酒櫃上老鷹、飛鼠在跳躍的同時，貓頭鷹也在長椅上瞪大了眼睛蓄勢待發；院子裡數十隻大型犬、小型犬追逐玩耍，即時傳來高亢的豬啼聲，我也不為所動地繼續寫功課，然後腦中無意識閃過：「『菲力』（家中飼養的迷你豬）又以為自己是一隻狗了吧……」

這樣的生活乍聽之下很幸福，事實上伴隨的是更多不為人知的辛苦，只是這些辛苦都是由母親一個人承擔下來。她就像是所有動物的媽媽，不畏體力的透支、經濟的負荷，也要堅強照顧這些孩子的一生。媽媽常說她跟動物學習到很多事，像是跟鵝學到夫妻間永恆的愛、跟野生動物學習到追尋自由的可貴，還有小動物短短一生的殞落，總為母親帶來無限惆悵，換個角度想卻能領悟出一堂何其珍貴的生死學課程，她甚至因此終生茹素，只因為不忍心傷害生命。

很多人都跟自己所飼養過的寵物培養出很深、很濃的感情，甚至把貓、狗當作自己的親生子女，但是母親並沒有如此想法，她一直盡力幫忙野生、流浪動物度過難關，卻不是占為己有、當成自己的「寵物」。其中令我印象最深刻的就是小時候住在鄉下，媽媽會把在家四周草叢中出現的小蛇帶回家飼養以度過嚴寒冬天，等到春暖花開才進行原處放生，小蛇就得以在野外安然長大；這樣無私的感情很少人能確實做到，所以我覺得媽媽跟動物間的故事最特別的地方，就在包含以大愛為出發點的教育意義，不單單只是形容動物的可愛、互動的親暱、分別的悲傷……當然這些也都囊括在許許多多的小故事裡，絕對會令人動容。

母親對芸芸眾生的愛已經內化至心靈深處，現在終於有機會記錄下來讓大家知道，相信不論是大人、小孩看了這些點點滴滴，都會擁有極大的正面收穫，也一定能感同身受如和煦朝陽般溫暖。

當然，我也會笑中帶淚、淚中帶笑地和母親一起回憶。

（作者為譚艾珍之女）

自序／譚艾珍

從慈悲到智慧

「不吃、不養、不買賣、不捕捉」

「養牠、愛牠、不要遺棄牠」

「以領養代替買賣、用結紮代替撲殺」

這三句口號代表三個不同時期保護動物的宣導，很幸運地我都趕上了參與的列車。

在四十年前（一九六〇年代），台灣人也許是經濟起飛吧！大家很喜歡吃珍饈野味來進補，除了香肉，更有野兔、蛇肉、山羌、果子狸等等。那個時期只要在都市稍稍偏僻的區域，一到入夜就有一些小吃店，門口掛上一個倒吊著內有黃光的塑膠桶，內行人都知道那就是賣「香肉」——也就是狗肉。而這些狗肉的來源除了少數業者自己飼養外，大多是從中南部鄉下批發到各地，在那個時期有一種行業就是捕捉路邊的狗，不管是有主人的、還是流浪的，不管健康的、還是生病的，抓上車就帶走，一台貨車一天平均可抓十來隻狗。而離開了都市一到山區就看到很多的山產店，這些山產野味的來源都是非法獵捕，這些「獵人」會在山區到處設置補獸夾，殺害了許多台灣的保育類野生動物，造成無辜動物很大的損傷。除了吃的還有娛樂，像是鬥雞、鬥狗在鄉間到處流動舉辦，尤其是鬥狗在進行中及訓練都非常的殘忍，為了動物保育，也為了國民形象，開始有了許多熱心的人士參與勸導，當時的電視媒體也會配合宣導。

記得當年華視趙少康先生主持的新聞現場座談節目，曾有一次以台灣南部風行的「鬥狗」為話題製作節目，而我當時是華視演員，而且已經開始關懷動物了。所以，特地上節目為反對鬥狗事件接觀眾Call in，雖然很緊張，但為了替動物發聲，加上充分了解內幕，一個人應對鬥狗業者，幾乎使很多業者無話可說。但是，下了節目後接到了警告：如果再妨礙業者的話，會讓我很「難看」。結果，我這個外柔內剛的個性，被這麼一激，反而正式進入了動物保護的行列。當時是第一位參與動保界的演藝人員，加入了當年台灣唯一的動保團體──中華民國保護動物協會當志工。

當時台灣人對動物保育的了解及資訊都很少，志工們多半是一些婆婆媽媽，還多虧了許多熱心的外國動保人士陪伴與指導，大家一起激發創意，而我負責規劃活動，跑媒體宣傳，加上當時許多媒體及演藝人員熱心的幫忙，很快地大家都知道了這個保護動物的團體。

後來我又加入台北市立動物園之友協會，跟著許多專家們學習野生動物保育的知識。在那個時期不像現在有這麼多不同種類的動保團體，因此，動物園除了展示也承擔教育及保育的功能，而台北市立動物園之友協會則配合幫助動物園安排國內外的教育活動，經常舉辦國際研討會，我也跟著在做當中學習到許多野生動物的知識，「不吃、不養、不買賣、不捕捉」就是當時專家們為了保育台灣野生動物而呼籲的口號。

但是，動物保護的行動一直追不上動物被傷害的數字，而流浪動物也不斷增加，除了走失的、因為生病或生產而被丟棄的，寵物繁殖場及動物收容所不人道虐待……那一段黑暗時期真是令動物保育志工無奈與沮喪啊！但是，各地還是有許多不放棄關懷環境及動物的人士，可惜在一九九二年之前電腦網路並不普遍，這些愛護動物的人士無法認識與連結，都只能默默地在自己的區域付出。

一九九四年我先生忽然往生了，因為當時家中有著大量收養的流浪動物，經過許多媒體連續報導之後，不但許多人幫助我度過困難，更讓動保人士有了一起發揮團結的機會。把先夫的後事辦妥後，由我負責邀請各地保育團體代表，由當時台北市新聞處長羅文嘉先生邀請各局處主管，成立了第一個民間與政府合作的動保組織——動物福利小組，研討修訂《動物管理辦法》草案，也就是後來立法院通過的《動物保護法》的內容，雖然動保法內容不盡完美，但是在那個當下「有法總比無法好」。

法案內容將動物人道保護大約分成四大類：野生動物、經濟動物（畜牧類）、實驗動物、同伴動物（家中飼養的貓狗等等）。其中「同伴動物」也就是俗稱的「寵物」，為何改變稱呼？因為希望改變大家「寵物不得寵就成為廢棄物」的觀念，貓貓狗狗等小動物是家中的一份子，是陪伴飼主的「同伴」而非物品，期待藉此提升大家對小動物的生命尊重，在當時也訂下了「動物登記晶片植入辦法」，這些內容雖然讓保護動物執法有依據，但是明確宣導教育的方向才是最重要的事。在當時我的任務除了參與研討內容，更要不斷地做各單位的協調，畢竟大家能一起聚集成就這一大事真的很不容易，各方意見都需要心平氣和的討論。為了招集更多愛護動物朋友們的力量，舉辦了第一次大家帶著家中的動物一起走上街頭的活動，整條仁愛路封街，滿街的人與各種動物，大家一起從市府走到大安森林公園宣示「養牠，愛牠、不要遺棄牠」，場面盛大溫馨，也同時訂下了九月九日為台灣狗節。

有了大家的力量支持，我們各動保團體與各局處開了大約半年多的會議，修訂了動物保護法，再由當時關懷生命協會悟泓秘書長代表動保界進駐立法院，多虧了祕書長天天在立法院等待了大約半年，終於，立法院通過了《動物保護法》。當時，悟泓秘書長將立法通過的公文影印給我時說了一句：「謝謝歐陽大哥的保佑，他可以安心了」。我流著眼淚將信件放在他的牌位前告訴他：「你曾說我們只有慈悲沒有智慧，我們應該集合大家力量做有效的事，現在已經有起步了，你應該安心了吧。」能夠成為動物保護志工的一份子，能夠成為護生推動素食的志工，完全是我與動物貝比相處的因緣，我用十分感恩的心與大家分享牠們的有情有愛。

雖然還是有許多動物在貪婪的人性之下受著苦，但是，現在透過教育及網路的科技發達，各地許多為著動物及環保的愛心人士不斷增加及串聯，再加上很多熱血的年輕人帶領呼籲「以領養代替購買，以結紮代替撲殺」，而我這個曾經帶頭跑的「艾珍媽咪」，已經變成跟著學習的「艾珍奶奶」了，但是，對於動物保護還是不放棄希望的，期待在眾人有智慧的慈悲付出，世界上不要再有受苦難的動物了。

艾珍媽咪和動物貝比

目錄

怕動物的艾珍媽咪

小時候的艾珍媽咪很機車，裝模作樣愛漂亮，膽小怕髒又愛哭，因為大部分行為很誇張，所以親友給小艾珍媽咪的綽號是「十三點」，在台語的解釋就是「三八」，而小艾珍媽咪對這種稱呼還蠻喜歡的，因為她笨笨地以為「十三點」是美麗的代表，甚至還要改名叫「十三點譚玫瑰」……每天要她的母親「譚婆婆」幫她打扮得美美的，最愛在頭上戴大大的花或蝴蝶結，更愛穿上蕾絲紗的裙子。

記得艾珍媽咪讀幼稚園時，有一次和她的父母去圓山動物園玩，因為靠近猴子籠拍照，當場被猴子伸手扯破了紗裙子，嚇到嚎啕大哭，從此以後小艾珍媽咪就很害怕、討厭動物，加上嫌動物髒髒，更不想接近小狗小貓了。曾經表哥們頑皮地把動物的口水沾到小艾珍媽咪的衣服上，小艾珍媽咪當場歇斯底里地尖叫大哭，結果害表哥們被他們的媽媽打個半死……後來艾珍媽咪成年後，被表哥看到收養流浪動物的艾珍媽咪竟然蹲在地上清動物糞便，懷中又抱著皮膚流湯流膿的癩痢狗，直搖頭說艾珍媽咪怎麼會有如此大的變化？和小時候的機車樣子完全不一樣啊！

高中時的艾珍媽咪有過一次養小狗的經驗，被好同學慫恿用零用錢買了一隻好可愛的小狗狗，因為艾珍媽咪的母親譚婆婆也不喜歡動物，所以絕對不幫艾珍媽咪照顧，也許當時她自己不懂如何養育一隻小幼犬，不到一星期小狗狗就發高燒昏迷，只好趕快找同學陪同抱著小狗直奔住家附近台北市新生南路的獸醫院，獸醫說因為小狗沒打預防針得到了犬瘟，而艾珍媽咪她們送小狗到醫院時已經沒命了。

沒想到艾珍媽咪第一次飼養小狗，而且是硬著頭皮自己清屎把尿，竟然只有這麼短的緣分。當時新生南路還是一條大圳，艾珍媽咪趴在信義新生路口旁的橋上大哭，發誓絕對再也不養任何動物了……後來才知道做人真是不能把話說太滿啊！

因緣真是不可思議，之後艾珍媽咪糊裡糊塗地嫁了一位混黑道的大哥「歐陽爸比」，為了不讓艾珍媽咪擔心受怕，歐陽爸比決定脫離黑道，但是誰想到爸比這種「打抱不平、行俠仗義」的江湖個性竟然轉移到被人棄養的動物上，陸續地從外面帶回來被棄養的動物，而爸比總是對媽咪說：「不能見死不救啊！沒關係啦！家裡不過就多一個碗嘛……」。從此艾珍媽咪家就不斷地多「一個碗」、多「一個碗」……唉！最多的時期是同時多了六十幾個碗啊！。

當然也不能完全怪歐陽爸比的「傻義氣」，艾珍媽咪自己也是有責任的，或許媽咪有一種照顧動物的天份「手氣好」，許多奄奄一息的小動物在媽咪的照顧下恢復健康，因此「傻義氣」與「好手氣」的結合就有了艾珍媽咪後來的「動物家族」啦！

在一九九四年的冬天，艾珍媽咪家的「狗爸爸——歐陽爸比」人間課題圓滿往生時，留給媽咪與女兒歐陽靖的遺產真龐大，有六十幾隻收養的動物及四百多萬的債務。當然，還有一句影響艾珍媽咪下半輩子的話「我們只有慈悲沒有智慧」。

在往後的十多年來艾珍媽咪一直尋找「智慧」是什麼？很幸運地除了原本的基督教信仰，也有機會跟隨今能長老、了中長老和聖嚴師父修學佛法，更因為在慈濟社區當志工，跟隨師兄師姊們學習慈悲助人的方式，更在證嚴上人的《靜思語》當中學習體悟「智慧」。結果，艾珍媽咪領悟到了，原來媽咪與動物孩子們相處二十幾年來，牠們一直都在提升媽咪的智慧啊！只是當年又傻、神經又大條的媽咪竟然無法感受。

在大愛劇場初製播時，艾珍媽咪的老朋友劉德凱說很想製作媽咪的故事，但是媽咪表示與動物的互動是拍不出來的，因為那種狀況就像電影《杜立德醫師》一樣，還不如自己演講時用說的比較簡單啦！

其實為了解決流浪動物的問題，就在歐陽爸比往生後，艾珍媽咪已經到處去學校或公司團體演講了，藉此啟動大家的同理心來慈悲護生，更勸導以茹素代替放生。當然演講的內容都是媽咪與動物孩子們的真情互動，每次演講結束時，大家意猶未盡，都會詢問有沒有出書或錄音帶，而艾珍媽咪總是回答：「沒想過這個計劃，也許緣分到了就會出書囉……一切隨順因緣吧！」的確，世間有太多事情是無法預料的，就像艾珍媽咪的成長環境及個性，她怎麼想得到現在會成為一位學佛護生的素食者啊！

艾珍媽咪生長在虔誠的基督教家庭，念教會學校，母親與婆婆也都是教會裡的虔誠志工。在二十四年前開始吃素的時候連「佛教」是什麼都不知道，一直以為「阿彌陀佛」只是演和尚時的一種台詞，觀世音與維納斯一樣都是神話故事中的女神，而「釋迦摩尼佛」的稱號連聽都沒聽過……沒想到，現在竟然是佛教慈濟基金會的志工，成為一位在佛學中修行的基督徒，更以眾生平等為目標宣導素食，這就是奇妙的緣分，當然這一切都是因為動物孩子們給艾珍媽咪的影響。

艾珍媽咪小時看見父親在家中飼養了許多動物，但絕對不會與牠們打交道的，除了怕髒，更因為這些是爸爸的食物，艾珍媽咪從小被教育「動物就是食物」的觀念，尤其父親是湖南人，最愛吃用狗製作的臘狗肉。雖然艾珍媽咪非常討厭父親親自處理這些食物的方法，但是，一個小孩子並不能表達任何意見的。同時也被母親灌輸一個理所當然的觀念：「天上飛的，水裏游的，路上行的都是上帝恩賜的食物」。雖然小時候的艾珍媽咪對於這些狀況充滿了疑惑，但，還是跟著父母餐前禱告之後，就大啖各種恩賜的肉肉……沒有想到這樣的認知會在三十歲之後，被這些動物孩子們徹底地改變。

艾珍媽咪在與動物孩子們相處的過程中，才有機會見識到動物竟然與人類一樣有親情、友情、愛情，更有長幼的倫理啊！也因為這種同理心的體會，艾珍媽咪竟然成為一位捨不得吃動物肉肉的基督徒了。

艾珍媽咪在吃素的過程中常常到素食自助餐廳用餐，店內書架上總是有很多的佛學結緣書籍。有次在書架上看到一本小小的慈濟叢書《七月是吉祥月》，媽咪覺得真是奇怪啊？農曆七月明明是傳說的「鬼月」啊？怎麼會是吉祥月呢？因為好奇心，就把這本書帶回家閱讀，這是艾珍媽咪第一次閱讀到有關佛教如此開明，如此合乎現代觀的解說。以後艾珍媽咪只要到素食餐廳用餐時，一定會特別找證嚴法師的書籍看，當然也就在《慈濟道侶》的刊物中認識了慈濟功德會及證嚴法師。當年，艾珍媽咪非常敬佩慈濟的師兄、師姊們，還跟歐陽爸比說等這些動物孩子們人間圓滿之後，我也要穿上慈濟的旗袍一起去助人，沒想到這位爸比竟然提了一個「good idea」，他建議艾珍媽咪喜歡這種旗袍不會自己去做一件啊……結果，傻傻的艾珍媽咪也真的去做一件有一點點白花色的深藍旗袍了。雖然，當年的行為真是很好笑，但是，當時也不會料到這樣的心願居然牽引了今天的緣份。

這幾則動物孩子的相處故事，只是艾珍媽咪所結緣的動物孩子們之中的一部份而已，因為「族繁不及備載」啊！只好選擇不同情感的故事與大家分享了，期盼從動物孩子的真情摯愛中讓大家體會到「眾生有情，有情眾生」的道理。

全世界最會説謊的鳥

——小可愛

會說話的鳥類最常見的有鸚鵡、八哥、九官鳥等，牠們都是很聰明的鳥兒，模仿能力與猩猩差不多，因為與人類互動很好，非常討人喜愛。

艾珍媽咪記得一九七六年剛進華視當演員時，接電話的服務台旁養了一隻白色大鸚鵡，牠會跟人握手要東西吃，還會模仿人說話，只可惜學習的對象很不優。因為當時服務台接電話及廣播的工作人員是一位嗓門很大，鄉音又很重的福州人。那個時期華視當紅小生陸一龍及龍隆兩位的電話最多了，這位福州老鄉每天要廣播好多次，而且廣播前都會先對著麥克風吹氣試音再結巴地用鄉音廣播。結果咧，選錯了老師的大鸚鵡只要看到有人經過身邊，就會用超大嗓門福州腔喊著：「呼⋯呼⋯呼⋯陸一龍～龍～龍～龍～電話啦～」一氣的陸一龍常對牠大喊「閉嘴」，最後變成大鸚鵡見人就喊「陸一龍～龍～龍～龍～閉嘴啦～呼⋯呼⋯電話」。過了一陣子，大鸚鵡又會新的語言了，見到人就用台語尖叫：「丫——救人喔——」，最後因為實在太吵而引起公憤，管戲劇道具的大鸚鵡飼主只好把牠送給別人帶走了。當然，服務台安靜了，也無趣了。

當時艾珍媽咪真希望自己能有一隻會說話的鳥兒，自己一定會教牠用優美的聲音說好聽的話。這個願望在數年後大白狗Billy幫艾珍媽咪實現了。

有一天，歐陽爸比帶著Billy到山上去散步，經過一片草叢時，Billy突然衝進草叢，一陣騷動後，竟然有一隻鳥兒吃力地半跳半飛衝出草叢！歐爸趕快抱住那隻鳥兒不讓Billy傷害牠。仔細一看，是一支全黑又有橘色嘴的鳥兒，個子比一般鳥大，但是羽毛中還摻雜著許多幼鳥的絨毛，為了安全只好先抱回家再請獸醫檢查。獸醫說，這是一隻九官幼鳥，但不知為何會出現在荒涼的山區？這下歐爸又只好收養牠了。當艾珍媽咪知道這是一隻會說話的鳥兒時，真是開心啊！一定要好好教牠說話。首先，當然要取個名字囉，就叫「小可愛」吧！

艾珍媽咪很細心地養育牠，保持與牠親密的互動，每次餵食的時候一定輕柔地喊著「小可愛～」，從小就要培養溫柔的氣質啊！終於等到小可愛完全換為成鳥的羽毛後，艾媽就要展開語言教學啦！

每天在餵食前，艾媽就很有耐心地站在籠子邊不斷重複說「媽媽，我愛你！」但是小可愛始終都沒反應，等艾媽教累了就會說「小可愛，吃飯吧！」ㄟ！小可愛就開心地跳來跳去了，唉，真是一隻只會吃的愛吃鳥。

有一天，艾珍媽咪因為工作有點忙，晚了兩個鐘頭餵食，愛吃鳥餓壞了，一看到艾媽走進門，竟然急得跳來跳去大聲喊著「小可愛……小可愛……小可愛……」啊，牠終於開口了，教了這麼久，牠終於開口了，雖然說的不是艾媽期待的話，至少清楚的叫著自己的名字了，感動哦！

沒多久，艾珍媽咪發現誤會大了，牠不是笨笨地叫自己的名字，而是肚子餓了就大喊「小可愛……小可愛……」原來牠真正的意思是「來人啦！餵飯啦！」，看來笨的是艾媽不是鳥。

雖然如此，艾珍媽咪還是很陶醉，因為小可愛只要看到艾媽就喊「小可愛」。當艾珍媽咪驕傲地告訴好友張小燕，自己飼養的九官鳥會叫媽咪「小可愛」哦！小燕姊驚呼地說：「真是一隻全世界最會說謊的鳥啊！」

後來艾媽檢討是否教學方式有問題？不斷說的牠不會，偶而說說的反而會？原來小可愛是選擇性學習。

有一次好友蔡閨製作一個外景訪談節目，特別到艾珍媽咪家訪問錄影，蔡閨身兼導演及主持，開錄前都會大喊：「好了沒？五、四、三、二、一，Cue～～」等訪問結束後，讓艾珍媽咪頭痛的事才要開始！往後每天都會不斷聽到小可愛在院子裡大喊：「好了沒？五、四、三、二、一，Cue～～」慘的是，牠還完全是用蔡閨的嗓音叫著……如果有客人來或鄰居經過時，小可愛會叫得更賣力，害得大家誤會蔡閨住在艾珍媽咪家。後來不只是「蔡氏叫法」，還常常低聲喃喃自語，以後用甚麼方法都調不回來了。

當全家慢慢習慣這種吵雜聲後不久，終於有了改變，歐陽爸比的朋友也養了一隻母九官鳥，已經教牠說話教了一年多，那隻鳥始終不開金口，這位朋友突發奇想是否可以藉小可愛的影響力，使他們家的鳥兒學說話，而且他們不介意蔡氏語言。歐爸當然大方的將小可愛借出當「家教」囉！一個月後這位朋友回報，不只他們家鳥兒不開口，連小可愛也不說話了，而且兩隻鳥兒感情很好，每天有說不完的「鳥語」。艾珍媽咪聽了哈哈大笑說：「小可愛終於找到可以正常聊天的對象了，鳥語比人話更好聽吧！」當然也開心地讓小可愛去入贅了。

隔年傳出喜訊，小可愛做爸爸啦！

【動物小百科】鷯哥（俗稱九官鳥，Common Hill Myna）

◎原產地：東南亞各地。

◎體態：全長三十至四十公分，毛色黑亮，喙部橘紅，眼角到頭後有黃色肉垂。

◎特點：九官鳥在森林中小規模群居，叫聲多樣，雜食性，會在樹洞中築巢產卵。善於模仿人類和動物的聲音，屬於一種擬態保護能力。

（圖片／colem, wikipedia）

開啟動物之緣的龐然大物

——聖伯納犬Micheal

您是否看過聖伯納犬?在知名的著作《阿爾卑斯少女：海蒂》（台灣卡通譯名為「小天使」）中那頭碩大、溫和的狗，就是聖伯納犬。這種原產於瑞士阿爾卑斯山的超大型犬，會在頸部掛上一只木桶，裡面放進使身體暖和的烈酒，幫助在雪地受凍的人回溫、等待救援，並且讓受凍的人抱著取暖，就像是超大暖暖包，以雪地救護而聞名於世，個性相當溫馴，不隨便攻擊人，被稱為瑞士的「國狗」。

艾珍媽咪對聖伯納犬有著特殊的情感，前前後後共養過四隻聖伯納犬，第一隻聖伯納犬——Micheal，讓媽咪整個人、整個家庭面臨意想不到的轉變；而第四隻聖伯納犬——庫瑪，則讓艾珍媽咪進入佛學的領域，尋找生命的答案。

從嬌嬌女變成狗媽媽

會飼養Micheal，其實算是個「意外」。原先是藝人朋友巴戈突然跑來找艾珍媽咪，表示看中了一隻聖伯納幼犬，飼主開價不斐，但由於巴戈對養狗完全外行，因此就委託內行的歐陽爸比幫忙去看看，順便幫忙討價還價。

歐陽爸比找到了這隻幼犬的飼主，看到一窩四隻聖伯納貝比，三母一公，而公的竟然是一隻傻大個子幼犬，打聽之下才知道這隻大個子貝比的爸爸名叫「馬場」，魁武壯碩，重達一百多公斤，號稱是當時全亞洲最雄壯、也最昂貴的聖伯納種犬。為何取名叫「馬場」？因為當時台灣全民瘋日本摔角，每次電視轉播時大家盯著電視大喊大叫，就像現在大家看世界盃足球賽一樣，而日本摔角界最大個子最紅的明星大名「馬場」，這隻大狗取名「馬場」真是當之無愧，而Micheal是牠配種後產下的頭胎，品種可說相當優良。

原本飼主不太願意割愛Micheal，沒想到歐陽爸比和對方談著、談著，赫然發現原來彼此另有一段淵源，因此飼主也就願意大方承讓了，歐陽爸比越看Micheal越喜歡，於是就決定親自飼養Micheal。

當歐陽爸比興沖沖地抱回Micheal，艾珍媽咪一看到這隻出生不滿一個月的幼犬，簡直傻眼了！因為當時的艾珍媽咪已是大眾熟悉的演員，各方戲約不斷，演藝工作相當忙碌，加上家中已經有了一對收養的拉薩犬姐妹花「波波與皮皮」，怎麼可能還會有閒暇來照顧初生的小狗……但是聰明的歐陽爸比知道心軟的艾珍媽咪會被Micheal烏溜溜的大眼睛、胖胖的身體、肥肥的手腳給征服，結果她不但成為Micheal的媽咪，後來甚至還成為六十多隻流浪犬的媽咪，從小愛漂亮又怕髒的阿妹仔竟然成為為動物把屎把尿的狗媽媽，真是徹底跌破諸親朋好友們的眼鏡，讓大家直呼不可思議！

這一切，都是為了「愛」！也是掉入歐陽爸比的計謀啊！

因為歐陽爸比「一個狗碗與三個狗碗也差不多」的歪理，艾珍媽咪讓Micheal走入了這個家庭的生活，除了妥善為牠料理三餐，更隨著牠的成長過程持續拍照做紀錄，彷彿是對待自己的親生兒子一般。

回憶起飼養Micheal的點滴，艾珍媽咪開心地展示Micheal的成長照片，訴說著媽媽經：「Micheal很黏我，只要我出門拍戲或作秀超過一天，Micheal就會找一件我穿過的衣服抱著聞，抱著睡覺踩著吃飯，牠走到哪裡就叨到哪裡，誰也不准拿走，直到我回來為止……牠就是這麼黏我，真是害得我除了工作哪兒都不敢去，也就越來越出不了門了！」

「Micheal很愛漂亮也很愛拍照喔，會讓我幫牠打扮，看，這頂帽子其實是用一個Pizza的盒子做成的，我做成帽子幫牠戴上去，再將咖啡色的紙捲起來做了根雪茄，牠也很配合的乖乖叼著，動也不動的讓我拍照，我看著牠的模樣，忍不住噗嗤大笑，因為看起來實在太像藝人『蔣光超』了，哈，簡直一模一樣！我把照片拿給蔣光超看，他看了也一直笑，直說：『對，好像我喔！』」

聊起Micheal的趣事，艾珍媽咪真是說也說不完：「Micheal這傢伙對我的歌聲可是頗有意見哪！有一天，我正在家裡開心地唱著卡拉OK，原本已經在房間裡休息的Micheal，突然走了出來，看到是我在唱歌，對著我瞧了一會兒之後，居然就『呼～』一聲，大大嘆了一口氣，接著又走進房間內，我沒理牠，又

繼續一個人與高采烈地扯開喉嚨唱著；哪知道過了沒多久，牠又從房間裡走了出來，再度盯著我看了，接著又『呼～』的大大嘆了一口氣，然後走到牆壁來個『面壁思過』狀，氣得我丟下麥克風，對牠大喊：『媽咪唱歌有這麼難聽嗎？我、我……以後不唱歌了！』哎，那天我才知道，原來我唱歌的技巧這麼差，竟然連狗都嫌！」

Micheal就在艾珍媽咪與歐陽爸比的愛心下逐漸成長，不過，有飼養過大型犬經驗的人都知道，要讓大型犬的外型看起來挺拔俊美，飼主在豢養過程中需要耗費相當大的心力，因為噸位龐大的大型犬，有很多的下肢髖骨是方的，如果在他們長到七、八個月大的時候，營養不良或是處理不當，使得腿骨的力量無法支撐成長快速的體重，就會導致牠們的下肢癱瘓，無

法站立行走，最後甚至得步上安樂死的命運。

因此，艾珍媽咪特別重視Micheal在七、八個月大時的成長關鍵期。她請教獸醫後，在Micheal七個月大時，不僅在Micheal的食物中額外補充大量的鈣質，更利用每天帶牠出去散步的時間，刻意抱著牠的後肢行走，為什麼要抱著後肢而不是前腿呢？因為狗狗行走時力量還是放在後肢的，而這個時期的Micheal正是後肢有疼痛無力感。所以，當Micheal走累了，艾珍媽咪就趕緊坐下來，讓Micheal可以坐在牠的腿上，免得等會兒起身時，Micheal的後腿因為髖骨疼痛沒有力量站起來……支持一隻體重超過本身幾十公斤的大狗常常讓艾珍媽咪兩腿發軟，但是這個過渡期非常重要，將決定Micheal未來是否可以順利行走，或是下半身癱瘓。艾珍媽咪細心的照顧及鍛鍊，陪伴Micheal順利度過那兩個月的關鍵期，直到牠的腿骨強壯到可以完全支撐住牠碩大的身體為止，而Micheal也有父親的遺傳，達到體重一〇三公斤。

原先想養聖伯納犬的「罪魁禍首」巴戈，後來則放棄了飼養的念頭，特別是日後看到艾珍媽咪如此費心照顧Micheal，又將牠養得十分碩大威風，不免佩服艾珍媽咪，對她嚷著：「呵，還好Micheal那時不是來到我家，不然我哪能像你這樣照顧牠？Micheal當初要是被我養，很可能三個月就『掛』啦！」

將百鍊鋼化為繞指柔

Micheal不僅改變了艾珍媽咪，也改變了歐陽爸比。

在兩人的用心照顧下，Micheal儼然成為一隻體態健美的超級巨犬，走起路來英姿煥發，讓黑道大哥級的歐陽爸比牽牠外出時倍感威風，彷彿就像電影《教父》中義大利黑幫大哥出場，大車大狗，氣勢磅礴。

歐陽爸比原是黑社會中名號響叮噹的大哥級人物，但任誰也沒想到，像這樣能夠在道上呼風喚雨的大哥，後來竟會因為一隻狗的影響，變得柔軟與有同理心，更因為真的愛這些動物孩子們而選擇逐漸淡出江湖！

或許冥冥中自有安排吧！

「我們後來會收養這麼多動物，可以說都是Micheal『害』的。」艾珍媽咪笑著說：「不過，也因為養了可愛的Micheal，我們才會開始注意到其他動物的可愛，眼裡才會容得下其他的動物。」

對人反應熱情的Micheal，見到其他動物也表現得十分熱絡，或許是雪地救難犬的天性使然，Micheal經常在外出散步時，「順便」撿了不少流浪動物回家，基於愛烏及烏的心態，打從心底疼惜Micheal的艾珍媽咪及歐陽爸比，只好「被迫」接下照顧Micheal撿回來的動物的責任，也因此開啟了他們與諸多動物的緣分。

而原本充滿江湖味、非常大男人的歐陽爸比，因為疼愛Micheal，不得不配合去照顧牠不斷撿回來的流浪動物，或許是內心潛藏的溫柔被觸發了，歐陽爸比的個性變得越來越細膩、柔軟了，面對家中越來越多的動物成員，不但不嫌煩，還處處展現出鐵漢柔情的一面，細心地幫忙照顧每一隻有緣來到家中的動物們。

綜觀Micheal前前後後撿回家的動物，曾經有兔子、松鼠、九官鳥等等，以及多隻流浪犬，艾珍媽咪和歐陽爸比不僅收留Micheal帶回家的動物們，到後來，他們自己也會在路上撿流浪狗回家照顧，家中動物數量最盛時期曾經飼養了六十多隻流浪狗，為了容納這些狗兒們，他們還特地去石碇山區租了一間有廣大空地的鐵皮屋，讓狗兒們能夠擁有較寬廣的活動空間。

因為愛，艾珍媽咪無條件的接受了Micheal及其他動物占據了她忙碌的生活；因為愛，歐陽爸比的個性變得柔軟，慢慢脫離了逞凶鬥狠的黑道生涯；因為愛，兩人甚至基於對動物的情感而開始茹素，最後都成為虔誠的佛教徒；而相由心生，原本外表讓人視為凶神惡煞的歐陽爸比，慢慢地在他人眼中，竟也變得慈眉善目起來了！

錯誤的遊戲方式造成重大傷害

雖然牽著壯碩的聖伯納犬的確讓人感覺威風凜凜，架式十足，但那麼龐大的巨型犬卻也不是任何人都可以駕馭的，特別是力道不足的老人家與孩童。

當初決定飼養Micheal時，艾珍媽咪與歐陽爸比尚未有自己的孩子，後來，艾珍媽咪懷孕、生女，為了避免Micheal太過熱情，無意間傷害到年幼的孩子，艾珍媽咪也得留心讓Micheal和女兒保持適度的距離。

後來發現真是多慮了，每當艾珍媽咪推著還坐在娃娃車裡的女兒外出時，Micheal也會緊緊地跟在女兒的娃娃車旁邊，就像是一位稱職的警衛般保護著女兒，任何人靠近女兒，Micheal就站起來擋在中間，當然在家中更是寸步不離守著他眼中這位「妹妹」。

「男大當婚，女大當嫁」，Micheal也不例外，在Micheal成年後，艾珍媽咪也幫牠物色了一隻美麗的聖伯納犬——Judy作為牠的妻子，並且在當時收視率頗高的電視節目《綜藝100》上舉行了熱鬧風光的婚禮，整個舞台用很多紅愛心裝飾，同樣很愛動物的主持人張小燕當介紹人，由艾珍媽咪和孫越叔叔分別擔任

雙方的主婚人，蚱蜢歌王李恕權當證婚人正式將牠們倆送作堆。

Micheal和Judy從此就在艾珍媽咪家過著幸福恩愛的日子。然而，萬萬沒有想到，這兩隻看似溫馴的聖伯納犬，有一天居然將人咬成了重傷！

事情的經過是這樣子的：由於歐陽爸比有吃檳榔的習慣，加上那時開舞廳，店內小弟等工作人員也要吃，一個月光是購買檳榔的開銷幾乎就有上萬元，在一九八〇年代，每個月購買上萬元的檳榔算得上是檳榔業者的大客戶，因此，業者就每天特別服務送貨到府。

每天下午歐陽爸比要上班之前，檳榔

攤老闆會將檳榔送到，有一天老闆如往常般按了電鈴後，就準備將檳榔掛在門外欄杆上，然後離去；恰巧家裡剛新請一位傭人來幫忙，尚不了解狀況的傭人聽到電鈴聲就先直接把大門打開。結果，門一打開，兩隻大狗就猛然衝出，檳榔攤老闆被突如其來的兩隻龐然大物給嚇到了，一時情急，居然就往艾珍媽咪家的院子裡跑！

自己的地盤被陌生人侵入了，狗兒怎能輕易放過！Micheal帶著Judy對著檳榔攤老闆就是一陣亂吼、亂咬，搞得情況一團混亂！好不容易，傭人終於趁機抓住了Micheal，Micheal一被控制，Judy也就乖乖聽話了，嚇壞了的老闆也趁著這個空檔跑出門外，趕緊將門關起來，用最快的速度騎著摩托車逃命啦！

快速騎了一段路後，檳榔攤老闆突然感覺到右腿的褲管溼溼的，低頭一看，不得了了！身上穿的牛仔褲褲管上居然沾滿了血！他趕快奔到醫院掛急診，醫生將他的褲子剪開來，看到腿上血肉模糊的傷口，立即將傷口處理、縫合，居然內外縫了九十多針！

得到消息之後的艾珍媽咪和歐陽爸比當然趕緊到醫院慰問受傷的檳榔攤老闆，善良的他不僅不計較，還不斷替咬傷他的Micheal和Judy求情：「你們不要打狗啦！是我自己不好，一急，不小心跑進你們家裡，才會被牠們咬傷，如果我沒有跑進你們家，牠們就不會咬人了。」

這是Micheal第一次咬人闖禍，沒想到溫馴的聖伯納犬居然會將人咬成這樣！艾珍媽咪和歐陽爸比極度訝異！他們滿懷歉意地賠償了對方全額的醫療費用，也自我檢討事情發生的原因，希望Micheal造成的傷害事件是第一次、也是最後一次。

在兩人不斷檢討之下，發現在他們飼養Micheal及和牠玩耍的過程中，有一個遊戲是具有危險性的，那就是——毛巾遊戲。艾珍媽咪從Micheal小時候，就會把毛巾包在手上跟牠玩，如同警犬訓練模式，讓Micheal啃咬著她包裹毛巾的手，再不然就是艾珍媽咪拉住毛巾的一頭，任由Micheal咬住毛巾的另一頭，拉扯、撕裂毛巾，艾珍媽咪臆測，或許對Micheal而言，撕咬是種遊戲，卻也在遊戲當中，不知不覺喚醒了獸性的本能，埋下可怕的危機。

分析出原因之後，艾珍媽咪再也不和Micheal及後來飼養的任何犬隻玩毛巾遊戲了，特別是像狼犬、獒犬、羅威納這類生性兇猛的大型犬，更視為「禁忌的遊戲」，以避免日後重蹈覆轍，發生難以彌補的傷害。

【艾珍媽咪的小叮嚀】

養大型犬一定要注意千萬不可和牠們玩「毛巾遊戲」，絕對禁止拿毛巾讓牠們啃咬、拉扯及撕裂，不然一旦觸動牠們體內本能的獸性，就連溫馴的聖伯納也會傷人，嚴重的還可能造成難以挽回的遺憾喔！

敵不過死神召喚，心臟病發往生

俗話說：「天下無不散的筵席。」再濃的情感、再深的緣分，終有竟了的時候。在Micheal八歲時的一個仲夏午後，酷熱的天氣讓原本就怕熱的

Micheal無法承受，一下子心臟病發，連急救的時間都沒有，Micheal就突然往生了。

Micheal敵不過死神召喚而驟然離去，讓艾珍媽咪和歐陽爸比傷心了好久，他們特別將牠埋在深坑住家後方的山上，待一年之後火化，骨灰罈就放在家中，一直陪伴在歐陽爸比的身邊，直到後來歐陽爸比也往生了，才依照他的遺願，將他和Micheal及Billy兩隻愛犬的骨灰一起灑在浩瀚的大海裡，隨著大海流向未知的遠方。

而一向與Micheal恩愛的Judy，兩隻狗過了一年多夫唱婦隨的甜蜜生活，因為太思念Micheal無法再住在深坑，只好搬到台北都會區的光復南路，當時家中連同Judy，總共養了六隻狗，此舉曾引來後面鄰居抗議；或許狗兒真的

令別人覺得很困擾，有一天，艾珍媽咪回家，竟然發現Judy和另一隻狗被毒死了！

艾珍媽咪事後分析，由於她和歐陽爸比都不曾放任狗兒們在外自行游蕩，所以導致中毒的食物想必是有心人士從外面丟進前院來的，就這樣，兩隻傻傻的狗兒不幸吃到之後，來不及搶救，兩條寶貴的生命就此消失！

為了紀念陸續死去的Micheal和Judy，艾珍媽咪特別為牠們畫了一幅畫，歐陽爸比也在畫上題了一首詩，作為對牠們永恆的追思。

在聖伯納花屋善終的妞妞

因為聖伯納犬的體型龐大，又原產於海拔二千五百公尺高的阿爾卑斯高山上，因此想在屬於亞熱帶型氣候的台灣飼養聖伯納犬，飼主得需要考量其飼養能力和活動空間的問題，否則冒然飼養的結果，可能會導致聖伯納犬日後走上被棄養、流落街頭的命運。

艾珍媽咪飼養的第三隻聖伯納犬——妞妞，就是一隻被棄養而流落街頭的聖伯納犬。有一天艾珍媽咪錄完節目回深坑的途中，在軍功路邊看見一隻步履蹣跚、吃力爬著斜坡的大狗，遠遠看那身上的棕色大塊判斷是一隻營養不良的獵犬，因為怕驚嚇到這隻看起來很慘的大狗，艾珍媽咪慢慢將車子靠近、小心下車查看，啊喲喂呀，結果是艾珍媽咪受到驚嚇，實在不敢相信——怎麼有這麼瘦的聖伯納犬？而且是一隻瘦到不行、雙眼被眼屎糊到快張不開、可憐兮兮的流浪犬。艾珍媽咪伸出友善的手撫摸牠，輕聲地問牠：「要不要上車到我家去？」接著艾珍媽咪打開車門，想看看這隻流浪犬會做出什麼樣的決定？結果，流浪犬乖順地爬上了車，跟著艾珍媽咪展開了新生活，幸運地擺脫了無家可歸的命運。

回到家後，艾珍媽咪立刻仔細檢查牠，天啊！牠果真是隻貨真價實的聖伯納犬！艾珍媽咪心疼地愛撫著牠，沒想到聖伯納犬也可以瘦成這樣？牠不知已經忍耐過多少個飢餓的日子，才會瘦得這樣皮包骨？也不知走了多少里路，才會走到腳趾磨破、指甲斷裂，血水汩汩的從傷口滲出，與髒亂的毛髮糾結在一起。

艾珍媽咪將這隻飽受流浪之苦的聖伯納犬整理乾淨，讓飢腸轆轆的牠好好飽餐一頓，望著牠狼吞虎嚥的吃相，艾珍媽咪猜想牠一定有好幾天都沒進食了，不禁輕輕拍拍牠，提醒牠要吃慢一點：「別急，慢慢吃，免得噎著了，別擔心，以後你就有家了，再也不會餓肚子啦！」

艾珍媽咪將這隻可憐的母聖伯納犬取名為「妞妞」，妞妞在艾珍媽咪的愛心照料下，身體逐漸康復，也慢慢恢復了昔日的豐腴體態，再也不會讓人錯認是體型削瘦的獵犬了。

在艾珍媽咪家附近有一家花店，

花店老闆除了愛花、賣花及插花之外，對聖伯納犬是情有獨鍾，自己也養了一隻聖伯納犬，還因此將花店取名為「聖伯納花屋」。在艾珍媽咪飼養妞妞沒多久後，「聖伯納花屋」所飼養的聖伯納犬剛好死去了，於是，花店老闆就央求艾珍媽咪將妞妞割愛給他們，他們保證一定會好好照顧妞妞；艾珍媽咪知道他們是愛狗人士，本身又具有飼養聖伯納犬的經驗，對妞妞來說，應該算是找到了一個好歸宿，因此也就欣然答應了。

從此，妞妞就在「聖伯納花屋」生活，每天在充滿花香的冷氣房裡，直到最後老死，得以善終。

飽受因果輪迴之苦的庫瑪

庫瑪是艾珍媽咪收養的第四隻聖伯納犬，牠也擁有被原飼主棄養的命運，主人搬家了，卻殘忍地留下牠，將牠綁在門外的騎樓下，請鄰居有空時「順便」幫忙餵養，之後就再也沒有回來關心過牠，更別提清理周遭一天比一天髒臭的環境了。

就這樣，這隻孤單的聖伯納犬綁在騎樓下至少超過一星期，卻不曾發出任何憤怒的嘶吼，只是安靜地等著主人來接牠回家。

這段期間，歐陽爸比時常經過騎樓，看見住戶總是鐵門深鎖著，卻將這隻聖伯納犬單獨綁在騎樓下，守著一個空碗，他感到很奇怪，卻也按捺著持續觀察。過了一星期，歐陽爸比實在看不下去了，忍不住去敲住戶的鐵門，敲了半天，完全沒有人回應，他就去詢問住在隔壁的人家。隔壁鄰居歐巴桑告訴歐陽爸比：「那家人搬走了啦！可是他們就把狗綁在那裡沒有帶走，也沒有人固定回來餵狗，那隻狗好像叫什麼『庫瑪』吧？有時候我看牠可憐，會倒些剩飯、剩菜到碗裡給牠吃，有的時候也會倒一些水給牠喝，可是我也不可能常常都在顧那隻狗啊！」

歐陽爸比聽了很難過，回家告訴艾珍媽咪，對她說：「既然別人不想養了，乾脆我們把牠帶回來養好了，反正我們家也不差這一隻。」不差這一隻？呃，一隻聖伯納犬的食量可是普通中小型犬的好幾倍哪！而且當時家中已有六十多隻收養的狗及一隻豬「菲力」，雖然又增加了一個沉重的負擔，但艾珍媽咪還是同意了，這隻被主人遺棄的聖伯納犬從此成為家中的一份子。

來到艾珍媽咪家的庫瑪，雖然曾在半飢餓狀態下度過了一個多星期，但身體還稱得上健康，沒有任何異狀。然而，來到這個大家庭半年後，庫瑪卻罹患了一種怪病，全身的毛細孔開始不斷地流出膿水來，味道相當刺鼻難聞，艾珍媽咪帶牠看了獸醫，也做了內臟掃描檢查，卻始終找不出病因。

「以前聽人家罵人很壞，壞到流膿，或形容一個人從頭壞到腳是『頭頂生瘡，腳底流膿』，我心想哪有人真的會這樣？直到看到庫瑪生病的慘狀，我才恍然大悟，原來真的會有流膿的情形！」艾珍媽咪哀傷的說：「在庫瑪身上，我看到什麼叫做『業障前現』，或許庫瑪在上輩子不知道做了什麼壞事，這輩

子才注定輪迴畜牲道來受苦還債吧？在牠痛苦『還債』的這段日子裡，我每天流淚抱著牠唸《大懺悔文》，希望能夠幫牠早日脫離苦海。」

庫瑪到後來連起身站立都沒有辦法，無法飲食，艾珍媽咪就用大號針筒慢慢從嘴邊灌食，那大、小便該怎麼辦呢？身體已經夠不舒服了，總不好再搞得全身髒臭吧？於是艾珍媽咪就每天抱著牠去解決排泄生理問題，當然她全身也無可避免地會沾染到庫瑪身上令人作嘔的膿水異臭，所以每次艾珍媽咪抱庫瑪上完廁所，自己就得再清理一番，但艾珍媽咪從不嫌麻煩，對庫瑪也沒有感到厭惡，只是多了同情與心疼。

就這樣，庫瑪全身流膿痛苦了一個多月，而且病情不斷惡化，到最後，庫瑪已經完全無法動彈，垂著舌頭、瞳孔渙散，癱在地上奄奄一息……

曾經有人問艾珍媽咪：「為什麼你們在庫瑪剛得到怪病時，不讓牠立刻安樂死？而讓牠痛苦地拖了一個多月？」

艾珍媽咪以當時對於佛學理解來表示：「從佛學的觀點來說，庫瑪會投胎到畜牲道一定是有其原因的，牠一定要來還前世的債，就連後來生的那場怪病，也是牠自己應該承受的因果，一旦時間到了，牠還完債，自然就會解脫了；所以，這中間的時間我們就得讓牠好好的還，期待下輩子能清靜的投胎，以免『業障』繼續累積下去。我能幫的只有每天誦念《大懺悔文》給牠聽，帶著牠用心懺悔，盡量照顧保持牠身體乾淨，吃喝拉撒順利來減少痛苦。」

在庫瑪臨走前，艾珍媽咪仍緊緊抱著牠，流著眼淚大聲唸著《大懺悔文》，誠心地祈求牠無論是什麼業障罪過皆能在今世化解掉，一路好走……

【動物小百科】聖伯納犬（Saint Bernard）

◎原產地：瑞士阿爾卑斯山。

◎體態：身軀強壯、頭型稍大，身高約六十五至九十公分，體重約五十至九十公斤左右，屬於大型犬，身上毛色較雜有斑點，以白色、棕色、黑色較為常見，壽命大約八至十年。

◎特點：性情溫馴，天生喜歡親近人。可訓練為救難犬，以雪地救護聞名，被喻為瑞士的國家狗。

心中永遠的遺憾

——外星狗皮皮

陪伴Micheal成長的兩隻姊姊是拉薩混種犬，因為拉薩犬的基因比較多，所以外形看起來就是白色長毛的拉薩犬。為什麼會有這對姐妹花呢？其實是歐陽爸比自以為是地認為媽咪想要狗狗啦！

艾珍媽咪與歐陽爸比結婚後，爸比就一直要求家中養隻狗吧！當然，從小就怕髒的艾珍媽咪絕對不答應。也許是歐陽爸比的心願太強烈，所以影響艾珍媽咪的因緣就悄悄地啟動了。

在一個下了好幾天雨的傍晚，淋濕衣服的歐陽爸比牽著一隻全身溼答答又髒兮兮的灰色狗狗回到家。爸比怕媽咪生氣，站在門外著急地解釋，原來是這隻狗躲在對面樓梯間好幾天了，爸比每天都拿吃的餵牠，而這隻狗除了偶而離開一下，幾乎都是乖乖地坐在樓梯間等。但是，對面的鄰居已經在驅趕這隻狗狗了，爸比詢問附近鄰居，大家都表示從來沒見過這隻狗。這下子爸比只好將牠帶回來啦！當然也一再地表示絕對不會麻煩艾珍媽咪照顧的。艾珍媽咪只是冷漠地說：「只能暫時照顧喔！以後要找人送走。」

爸比當然直點頭答應啊！然後馬上進浴室為這隻狗狗洗澡。大約一個鐘頭後，爸比牽出來的居然是一隻全身蓬蓬長毛的雪白混種狐狸犬。當時艾珍媽咪坐在客廳看電視，這隻狗狗竟然直接趴在媽咪的大腿上用臉磨蹭地撒嬌，媽咪將牠推開，牠又趴上來，推開，又趴上來……最後，媽咪只好投降在這隻「狗腿」的柔情攻勢下了，真不知道爸比到底在浴室中給牠上了什麼課啊？

這隻「小狗腿」不只會討好媽咪，連回娘家見到譚婆婆的第一面，也是一頭就嚕到婆婆的懷裡蹭來蹭去地撒嬌，同樣讓不大喜歡狗的譚婆婆抱著不放手，還幫牠取名叫「雪白」。當然很快地照顧之責任就轉到艾珍媽咪的手上啦！艾珍媽咪像照顧兒子般地疼愛雪白，母子倆形影不離，出門散步時不用牽繩子，雪白也是緊緊跟著媽咪，每次爸比開車帶著雪白送媽咪去錄影，媽咪一下車雪白就急得在車上跑前跑後，還趴在車窗一直抓，露出依依不捨的眼神……連好友方芳都說：「小艾，這隻狗怎麼這樣愛你啊？」

一個多月後發生了奇怪的事，艾珍媽咪像平時一樣帶著雪白到松山菸廠外面人行道散步，突然遇到一位男士對著雪白喊著另外一個名字，而且一面跑一面叫「快回家，快回家」，這時雪白竟然也跟著跑，當然艾珍媽咪緊張地緊追在後，只跑了兩個巷口就跑進了一間日式的菸廠宿舍院子。這位先生說雪白是他們家阿公養的狗，一個多月前跑出去就沒回來了。當艾珍媽咪把遇到雪白的事告訴他們後，阿公直接說就把狗送給譚小姐好了，因為老人家實在沒精神照顧，可是這位先生對阿公大發脾氣，堅持要把狗留下，為了不給這家人增加困擾，艾珍媽咪只好一個人拎著狗鍊，留著眼淚回家了。這件事令歐陽爸比和艾珍媽咪非常想不透，因為才距離兩條巷弄的家，雪白為何不自己回家呢？而下雨的那幾天為何要在我們家的對面樓梯間等呢？

過了幾天雪白自己又找上門了，媽迷只好把牠牽回去還給阿公。沒想到這種狀況連續發生兩次，但是，這是人家的狗，不可占為己有，艾珍媽咪請他們好好看管，別又讓雪白翹家了。後來就再也沒見到雪白了。媽咪思念著雪白，整天鬱鬱寡歡。過了兩個星期，大個子的歐陽爸比懷裡抱著兩隻才滿月的白色小貝比狗回家，笑瞇瞇地說終於幫媽咪要到了兩隻白狗，希望能代替雪白陪伴媽咪，這樣媽咪就不會難過了。天啊！這種事情能代替嗎？但是，媽咪又不忍心把這對姐妹花再送回去，從此，波波及皮皮就成為媽咪的孩子了。

這兩姊妹有白色長毛，是拉薩犬的混種，姊姊有一對烏溜溜的眼睛加上一顆黑黑的鼻子，白色的臉上三個黑點真是可愛。妹妹就有一點顏色不正常了，眼睛是紅紅的，鼻子也是咖啡紅色，連毛也沒有姊姊的毛白，而是白中夾著紅紅黃黃的顏色，應該是先天有一些問題吧！

在媽咪細心的照顧下，兩姊妹長得很健康又活潑，每天晚飯後最有趣的娛樂就是玩「丟撿遊戲」，只要

媽咪說「一、二、三」，兩姐妹就擺出預備姿勢，媽咪喊「丟——」把手中物品拋出去，兩姊妹就非常快速地分別叼回來交給媽咪，如果媽咪丟的是一條毛巾時，兩姊妹會一起叼著毛巾互相拉扯搶著，但是誰都不放嘴，緊咬著一起叼給媽咪。有時候媽咪會惡作劇喔，嘴上喊著「丟——」，可是什麼也沒有丟出去，但是兩姊妹會非常快速地分頭跑去找東西，完全展現「一個口令、一個動作」的優秀表現！但是這種「騙狗」的把戲是不能常用的，因為牠們到處找不到媽咪「丟」的東西時，會露出好失望的眼神喔！牠們會認為自己表現得不好，絕對不會認為是媽咪騙牠們，這就是狗狗的忠厚個性啊！

當波波與皮皮快一歲時，家中多了新弟弟Micheal，面對才出生二十幾天，走起路還搖搖擺擺地胖弟弟Micheal，這兩隻姊姊最喜歡把手放在胖弟弟的頭上壓著，不准牠動，而胖弟弟常常站不穩就趴在地上，等胖弟弟好不容易站起身走幾步後，姊姊們又把牠壓著。就這樣壓、趴、壓、趴……玩弄著傻呼呼的弟弟。有時兩隻姊姊也會逗弄胖弟弟生氣，氣得追姊姊牠們，但是左邊也追不到，右邊也追不到，最後，胖弟弟就坐在地上發呆。不一會兒兩隻姊姊又跑來逗牠，看似無聊又重複的遊戲，卻是Micheal弟弟最好的運動了。不過，這些遊戲只玩了兩個月，因為三個月大的胖弟弟已經比兩隻姊姊大了一個頭啦！

等到波波及皮皮兩歲多，Micheal一歲半時，家中又傳喜訊了，因為艾珍媽咪懷孕啦！親友們怕會影響胎兒，勸媽咪把家中的狗狗都送人，媽咪拒絕地說「我怎麼可能為了生小孩而不要其他的孩子呢！」當然媽咪很注意家中的清潔與衛生，與狗狗不要太親密，接觸後一定馬上洗手，餵養照顧狗狗時也有專用的圍

裙，而且狗狗孩子們也都打了預防針，並保持乾淨。其實，只要小心一點是不會有什麼問題的。

可是，在艾珍媽咪懷孕約五個月時，皮皮開始出現問題了，先是全身發癢，長了許多紅疹子，媽咪趕快帶牠去看獸醫，以為是濕疹，定時為牠擦藥。可是擦藥後不但沒有好轉，很快地紅疹子就腫大化膿，只短短一個多禮拜，毛也掉了，而化膿後的皮膚表面坑坑巴巴的，還會流血。這時斷定是皮膚有「毛囊蟲」，會接觸傳染，馬上將皮皮單獨隔離在前院。但是在當時（一九八四年）台灣獸醫技術資訊沒有現在這麼好，這種症狀還真是沒有什麼藥來治療。倒是有一堆民間的偏方，許多熱心的朋友提供方法，只要可以試的方法，艾珍媽咪決不錯過；例如用硫磺泡澡，身上塗麻油，瀝青，用鉛調製的藥水……反正是一樣無效就換一樣。

為了怕皮皮會舔皮膚，怎麼辦呢？在當時並沒有現在寵物專用的「喇叭式護頸」。聰明的艾珍媽咪自己發明了皮皮專用「護頸」——把一隻塑膠臉盆的中間挖個洞，大小剛好套在皮皮脖子上，為了怕磨傷皮膚，媽咪還仔細地用大膠帶把海綿貼在邊緣。無毛的皮皮戴上比身體還大的綠色花臉盆……看起來好像「外星怪狗」，還好，皮皮不會照鏡子。有一次，媽咪單獨牽著無毛「外星怪狗」出門散步，有一位路人嫌惡地說：「啊喲！這麼醜的狗還養啊？丟掉吧！」媽咪氣得說：「要你管，再醜也是我的小孩！」

回家後媽咪難過得一直哭，真的不知道怎麼幫助皮皮。當時歐陽爸比在中山北路開舞廳，每天忙到快天亮打烊，白天睡到傍晚才能幫又珍媽咪帶波波及Micheal出去散步運動，而在家待產的媽咪大部分時間得照顧皮皮。而媽咪肚子一天天大了，還是得蹲在地上帶著手套為皮皮擦藥。有一天，爸比趁著媽咪不注意時，竟把皮皮帶出去，還騙媽咪是把皮皮送給山上的朋友照顧。可是，一星期後皮皮回到家門口，全身都是乾泥土，竟然皮膚也是乾的，沒有流膿水了。這時爸比才承認怕媽咪太辛苦，將皮皮帶到陽明山丟棄。不管媽咪怎麼求不要放棄皮皮，可是爸比還是狠下心把皮皮帶走。想到小皮皮在山上會想媽咪，會冷，會怕，又危險又沒有食物吃……媽咪整天以淚洗面好傷心。此時歐陽爸比也後悔了，當爸比連續好幾天回到丟棄皮皮的地方尋找，已經再也沒有皮皮的蹤影了。

這件遺憾的事深深留在歐陽爸比的心中，也許是後悔的補償心情吧！從此，爸比不但全心照顧家中的動物，有任何病痛決不放棄，也投入了關懷流浪動物的行列。

【動物小百科】拉薩犬（Lhasa Apso）

◎原產地：西藏。

◎體態：身上同時擁有兩種毛質，從頭到腳覆蓋長毛，毛色有金、黑、蜜、暗灰、赤、褐色等，鼻頭又黑又大。身長二十五到二十八公分左右。

◎特點：拉薩犬已有八百年的飼養歷史，最初主要是拉薩周邊人家飼養。聽力極佳，能分辨訪客足音，甚至能察知雪崩的徵兆。經常作為進貢給清朝皇帝的禮物，與北京狗配種後產出西施犬。

（圖片／colem, wikipedia）

見證母愛的偉大力量

——擬龜殼花蛇叮噹

「叮噹」是一隻擬龜殼花蛇的名字，擬龜殼花蛇如其名，是擅長偽裝成毒蛇龜殼花的無毒蛇，不但無毒，連牙齒都沒有，因為有著類似龜殼花毒蛇的花紋，當遇到危險時，會將圓圓的身體及頭變得扁扁的，讓自己看起來好像是隻三角形頭的龜殼花大毒蛇，藉以嚇退帶來威脅的敵人，這隻懂得裝腔作勢的擬龜殼花，也是艾珍媽咪所養的第一條蛇。

叮噹是歐陽爸比從通化街夜市蛇店帶回來的（台灣以前的夜市大多有蛇店），朋友蛇店老闆在檢查分類批發來的蛇堆內看到牠時，發現牠已經懷孕了，就希望歐陽爸比能夠代為照顧牠，告訴爸比這種擬龜殼花蛇是稀有的蛇種，而且是一種極稀有的完全胎生蛇類（大部分蛇是卵生，有的毒蛇是卵胎生），加上牠是條已經懷孕的母蛇，蛇店老闆怕自己無法妥善照顧牠，因此說服歐陽爸比將牠帶回家照顧，歐陽爸比當然爽快地答應了，還說他老婆會照顧……就這樣將叮噹捧了回家。其實「他老婆會照顧」這句話是每次要收養動物時都會對別人說的「謊言」。

硬著頭皮盡力照顧

艾珍媽咪本來相當怕蛇，看到歐陽爸比突然帶了一條活生生的蛇回家，整個頭皮都發麻了！但她知道這條蛇的狀況後，還是鼓起勇氣，承擔下照顧叮噹的責任。而這麼可笑又沒關聯的名字「叮噹」則是尚為幼兒的歐陽靖叫牠的囉！

從來沒有養過蛇的艾珍媽咪首先藉由「書本」這位最好的啞巴老師，來摸索養蛇之道，她查了許多「蛇類圖鑑」，也請教了蛇店老闆及幾位養過蛇的朋友，她知道擬龜殼花最喜歡吃的是蛙類，但總不能天天去抓青蛙來餵養叮噹吧？艾珍媽咪嘗試用其他生物，像小魚或泥鰍等等來替代，沒想到，叮噹就是不肯賞光，對於在牠面前遊來游去的魚兒完全視若無睹。

活的魚兒不行，那就試試新鮮營養的鮮奶吧！這可是孕婦最好的營養補充飲品喔！結果叮噹對鮮奶的接受度很高，每天都喝得津津有味，艾珍媽咪怕叮噹光喝牛奶營養不夠，常在牛奶裡添加新鮮雞蛋，讓叮噹和肚子裡的小寶寶都能吸收到充足的養分。

除了新鮮的鮮奶和雞蛋，艾珍媽咪每天都會特別為叮噹準備礦泉水或山泉水，因為一般家用自來水中消毒的氯氣，會影響到叮噹的健康，甚至一命嗚呼喔！因此，她絕不讓叮噹飲用一般自來水。

設想周到的艾珍媽咪知道蛇有蛻皮的習性，而蛇蛻皮時，最好能纏繞樹木，這樣才更方便蛻皮，所以，艾珍媽咪特別在院子為叮噹做了一個包住一顆小樹的大籠子，不僅讓叮噹可以擁有寬敞的居住空間，還可以隨時攀爬到樹上活動。

在艾珍媽咪的細心照顧下，叮噹的肚子日漸隆起，或許是因為懷孕的關係，叮噹的動作顯得緩慢而悠閒，彷彿一位溫柔優雅的女士，一雙圓滾滾的大眼睛，可愛又有靈性，讓艾珍媽咪逐漸擺脫了對蛇的恐懼感，甚至開始會關心、學習蛇的生態了。

冷血動物懂得認人

溫柔的叮噹不僅獲得艾珍媽咪全家人的喜愛，更由於牠對人類毫無畏懼，可以在人身上緩慢的爬行，因此成了《綜藝100》節目中的常客，經常參與節目短劇的演出；而節目製作群也知道叮噹有孕在身，工作人員的動作也都格外小心，不但會專程來家中接牠去錄影，在錄影過程中也會小心翼翼地避免過度驚擾牠。

有趣的是，艾珍媽咪還發現，被稱為「冷血動物」的叮噹居然也懂得認人哪！

在家中叮噹最信賴的人是歐陽爸比，只要歐陽爸比把叮噹放在他的身上，叮噹就會把頭枕在歐陽爸比的肩膀上，整個身體完全拉得筆直，毫無警戒地貼著歐陽爸比的肚皮休息，呈現全然放鬆的狀態。

如果對象是艾珍媽咪，叮噹就會像爬樹一樣，慢慢在她的身軀上四處游走，有時艾珍媽咪把手橫伸，叮噹就會掛在她的手上晃動，就像風吹動樹枝般搖晃，好像在做產前運動一樣。

至於那時還不到一歲多的女兒，就是叮噹避之唯恐不及的對象，因為小小年紀的女兒當然不懂得對叮噹憐香惜玉，會用肥嘟嘟的小手捏著叮噹。

因此，只要艾珍媽咪一把叮噹放在女兒身上，叮噹一定立刻用最快的速度溜走，屢試不爽，可見得叮噹真的很會認人呢！誰敢說牠是沒有情感的冷血動物哪！

不幸難產命喪黃泉

為了迎接叮噹要升格為母親，艾珍媽咪早就特別為叮噹準備了一個安靜的地方，讓牠能夠專心生產。這段時間不讓任何人靠近或干擾牠，每天觀察牠，發現行動越來越慢，有時趴在樹上一動也不動，看來時間差不多了，就小心翼翼地把牠抱到有保溫的「產房」。不過，叮噹的生產過程似乎一開始就非常不順利，牠的嘴巴一直張得大大的，整個頭扭轉過來壓在肚子上使勁兒推著自己的肚皮，不斷地將攏起的肚子拼命往下推，試圖讓肚子裡面的小生命快點來到這個世界。

然而，叮噹用盡力氣，努力了許久，依然無法如願。

艾珍媽咪看到叮噹生產時痛苦萬分的模樣，十分著急也捨不得，但也只能在一旁乾著急，完全不知道該如何幫助叮噹才好？她趕緊打電話給獸醫，獸醫說：「很抱歉！從來沒替蛇接生過……」由於擬龜殼花通常都在野外自然生產，他自己也沒有實際遇過蛇類生產的情形，所以也無能為力。

得不到援助的艾珍媽咪，就這樣眼睜睜地看著叮噹張大嘴巴，拼命用力推擠自己的肚子，痛苦地掙扎了一個多小時，最後，全身的力氣用盡，整個癱軟掉，就此氣絕身亡了！

望著為當母親而用盡力氣仍無法如願，以致於斷了氣的叮噹，手足無措的艾珍媽咪呆了好一會兒，接著，彷彿失去自己心愛的孩子一般，傷心地放聲大哭起來！

艾珍媽咪將難產而死的叮噹帶到當初交託給他們的蛇店裡去，她滿懷歉意的對蛇店老闆說：「真的很抱歉，我們沒辦法照顧她順利成為母親，現在牠已經死掉了，該怎麼辦呢？」蛇店老闆安慰她，同時建議將叮噹的肚子剖開來瞧一瞧到底原因為何？結果，他們看見叮噹的肚子裡共有十隻小蛇，由於小蛇待在肚子裡太久，每隻已經長到大概有原子筆那麼大了！

為什麼叮噹肚子裡的小蛇會全都胎死腹中呢？因為最靠近生殖道口處有兩顆中止發育又畸型的胚胎，這兩顆畸型胚胎堵住了出口，導致後面八個完好的小蛇胚胎也毫無生機，難怪叮噹再怎麼用力也生不出來！

如果知道叮噹腹中早已被兩個畸型胚胎堵住產道就好啦！這樣起碼可以早一點做處理，至少不會連叮噹都跟著平白送命了！可是，那時艾珍媽咪也不知道那兒有可以幫懷孕的蛇做產檢及照超音波哪？

艾珍媽咪亦將叮噹的死訊告知《綜藝100》節目製作單位，大夥兒還特別在節目錄影前置會議為溫馴又可愛的叮噹，集體默哀一分鐘。

雖然叮噹不幸命喪黃泉，但艾珍媽咪從叮噹的生產過程中，深刻感受到動物母愛的偉大，也感嘆野生動物為了延續下一代在野外繁衍的危險與艱辛！

無法忍受生命犧牲

在叮噹之後，艾珍媽咪和歐陽爸比至少又養過七、八隻蛇，每次都是悉心照顧一陣子後，再帶到野外放生。蛇店老闆若是再度捕捉到一些較為稀有的蛇類，仍會商請艾珍媽咪代為照顧，至少先幫忙照顧到蛇能夠度過凜冽的寒冬，等春天到了，再將牠帶去適合的地方野放。

有時候，艾珍媽咪照顧的蛇實在太小，連籠子都關不住，會從縫隙中鑽出來，她就得特別在籠子外層加裝細紗網，不過，調皮的小蛇還是照常鑽出，卡在籠子和細紗網的縫隙間動彈不得，艾珍媽咪每每看到卡在縫隙間的小蛇，總是又好氣又好笑地對牠說：「幹嘛沒事老愛演出『大逃亡』，每次卡在那裡，我還要費心把你抓出來，真是傷腦筋呀！」

雖然艾珍媽咪很有照顧蛇的勇氣，不過，眾所皆知，蛇類最喜愛吞食活體蛙類或嚙齒類動物了，為了養蛇，艾珍媽咪有時得去抓一些活青蛙來餵蛇，而逐漸長大的女兒有時還會和鄰居小朋友們一起蹲在籠子旁邊，欣賞籠內上演的餵食秀呢！

仍然是蛇的好保母

雖然，在大自然法則下，蛇吃青蛙是野生動物食物鏈的自然生態，但在人工飼養中，自己得犧牲一個生命，來換取另外一個生命的生存與延續，這點是艾珍媽咪一直不樂見的，她認為這樣做非常殘忍；特別是學佛了以後，艾珍媽咪更是無法苟同及忍受這樣的犧牲，雖然這是自然生態，但是她覺得經由自己的手使另一個生命犧牲真的是不應該！因此，艾珍媽咪也就不再答應收養蛇了。

不過，艾珍媽咪後來還是再度照顧了一隻小蛇，那是一隻誤闖鄰居家裡的小水蛇，當牠不小心闖進鄰居屋內時，被怕蛇的鄰居太太拿掃把瘋狂追打，脊椎被打得歪斜受傷了，正在性命垂危之際，幸好鄰居先生出面阻止，他對太太說：「這條小蛇看起來沒有毒，你不要急著打死牠，先送去給譚小姐看看再說吧？」於是，艾珍媽咪就義務當起了那條蛇的保母，像飼養叮噹一樣，天天打香濃的鮮奶蛋花水給牠喝，還幫這隻小水蛇製作了一個舒適的生態缸。

小水蛇剛來的時候，大小跟蚯蚓差不多，在艾珍媽咪的照顧下，逐漸成長茁壯，也長出了小小的牙齒，雖然脊椎因為當初被追打時有點受傷歪斜，但仍然可以活動自如，在生態缸裡暢快地優游。

有一天，長了一倍大的小水蛇不知怎麼搞的咬了艾珍媽咪一口，艾珍媽咪沒有惱怒小水蛇居然「恩將仇報」，反而很高興牠的身體已經變強壯，而時節恰巧也進入夏季，所以應該可以將牠野放。於是，艾珍媽咪找了一個安全的山溪畔，將小水蛇給野放了。

艾珍媽咪以祝福的心情看著小水蛇逐漸遠離，這也是她親手照顧過的最後一條蛇，雖然日後不曾再有養蛇的經驗，但艾珍媽咪對蛇仍保有一分關愛，像她有一次剛在山腳下的停車場內停好車，忽然聽到附近歐巴桑的驚呼聲，原來有一條又細又長的蛇爬到一輛小客車的駕駛座玻璃窗上面，因為窗外光線明亮，牠誤以為前方昏暗的車內是個大樹洞，拼命直撞玻璃，急著想要躲進洞裡去。

猛然看到這麼一條又細又長的蛇，歐巴桑嚇得驚聲尖叫，聞訊而來的艾珍媽咪從蛇的外觀知道那是一條無毒蛇，連忙一面安慰歐巴桑不要慌張，一面隨手拿了一支掃把將蛇拎起來，準備帶到山上去放生。

受到驚嚇的歐巴桑看見艾珍媽咪居然可以那麼勇敢的拎起那條蛇，直嚷著：「唉呦，這麼大一條蛇你也敢抓，膽子怎麼那麼大啊？」艾珍媽咪笑笑，因為她知道如果不先將蛇抓起來放走，不一會兒，這條誤闖禁區的蛇一定會讓人給活活打死啦！

而與「蛇」相處的經驗及膽子，使得艾珍媽咪在一九九〇年時期台灣唯一的動物節目《頑皮家族》中負

責介紹及擁抱來賓「大蟒蛇」。因為其他演藝人員見到蛇就嚇得「皮皮挫」啊！

面對生命，擁有好生之德的艾珍媽咪一直在學習克服懼怕，讓心中擁有的只是珍惜與祝福。

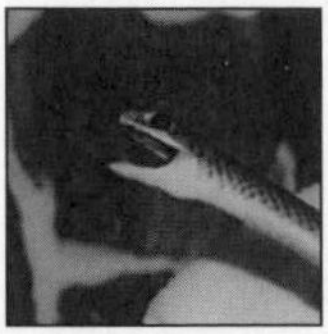

【動物小百科】擬龜殼花（False Viper）

◎原產地：台灣中低海拔山區，於森林底層、茂密的林木或草叢中活動。

◎體態：體長約九十公分，背灰褐色，其上有黑褐色之斑紋，交錯排列，與龜殼花之背部圖案有些類似，頭寬扁，略呈三角形，身體鱗片具有明顯的稜脊，粗糙而無光澤，尾部短，迅速縮小，末端尖銳。

◎特點：以蟾蜍、蛙類和小蛇為食，乍看之下外觀頗像有毒的龜殼花，因此以之為名，其實並不具毒性，為擬態現象，藉此達到恫嚇敵人的效果，但有毒龜殼花瞳孔垂直，可作為辨別兩者的依據。

◎有文獻紀錄一九八〇年時期台北陽明山區曾發現有其蹤影，因為台灣山區過度開發，環境生態破壞，覓食及稀有的胎生繁殖本來就困難，使得擬龜殼花現在幾乎看不到了。

救命啊！有老鼠

常聽到有人怕蛇、怕蟑螂、怕鬼……而艾珍媽咪從小最怕的就是——老……鼠……

啊～～有老鼠！

如果看到實體就會直接跳到高處大喊救命；如果老鼠曾經過或躺過的地方，艾珍媽咪最起碼一兩個月的時間都會繞道而過；如果有人拿照片或圖畫給媽咪看，她一定會嚇到翻臉。以前，艾珍媽咪家附近有一間西藥房賣毒鼠的藥，在櫃台放了一張有老鼠照片的廣告海報，媽咪看到後轉身就跑，以後再也不敢去那家藥房買東西了，寧願多走一段路到別家藥房去買。

艾珍媽咪讀高中時，她的母親譚婆婆有一次幫艾珍媽咪換了一條新棉被，高興地拿給艾媽看，啊呀……差點昏倒了！因為上面全是「米老鼠」的卡通圖案啊！艾珍媽咪大叫：「打死我也不敢蓋」，譚婆婆氣到一直罵：「裝模作樣，只是卡通圖案有什麼好怕。」天啦！真是冤枉啊！譚婆婆真的是無法了解這種恐懼感。

更丟臉的一次是艾珍媽咪還是小姐時，特地到新交往的男朋友家去作客，忽然瞄見一隻大老鼠從廚房跑到客廳，當時的「艾珍小姐」當場花容失色，尖叫著站在椅子上，而且一面跳一面喊救命……唉，當然，這段感情還來不及開花就掛了，因為那位男士也是無法了解這種「怕老鼠」的恐懼感啊！

剛結婚時歐陽爸比說有辦法克服艾珍媽咪「怕老鼠」的障礙，那就是把媽咪綁起來，然後把老鼠放到艾媽身上，直接面對面看個清楚，以後就不會害怕了。艾珍媽咪聽了氣到翻臉，一直對著歐陽爸比罵髒話，真的是莫名其妙，媽咪又不是海軍陸戰隊員，有必要用如此的魔鬼訓練嗎？如果這麼做，媽咪一定會嚇到「咬舌自盡」啊！

當然，歐陽爸比不死心，一定要想辦法克服艾珍媽咪對「老鼠」的恐懼。有一天，爸比拎著一隻籠子回家，裡面有一對大天竺鼠，圓圓的眼睛，胖胖的身體，還有金黃色的長毛，而且沒有可怕的尾巴，雖然比老鼠可愛，但是牠們還是「鼠輩」啊！爸比「欺騙」媽咪說：「這兩隻有點年紀的天竺鼠因為主人要搬家，如果不收養的話，牠們的主人就要把牠們丟棄了。」媽咪聽了當然不忍心不理啊！但是又不敢看到「鼠輩」，只好勉強同意可以放在院子養，而且，媽咪講明絕對不會照顧的。當然，往後每天都是爸比負責餵養及打掃，有時也會抱到客廳玩。牠們是屬於大種的天竺鼠，公的頭頂有長長的毛，擋住臉的樣子很好笑，實在是好可愛。

每天看著牠們可愛的模樣，艾珍媽咪也漸漸不害怕了，有一天媽咪實在忍不住拿了兩歲女兒歐陽靖綁頭髮的紅色橡皮筋，幫公的天竺鼠綁了一個沖天炮辮子，終於露出鼠臉了，哇～發現牠長得還蠻帥的耶！艾珍媽咪也同時發現自己竟然敢摸牠們啦！

當然，從此餵養打掃的事就默默地轉到艾珍媽咪的手上了。每天早上當牠們在籠子裡開心地發出「嘟嚕～嘟嚕」的聲音時，就知道女兒的保母快到了，因為保母會在巷口拔一把嫩草，進門就先餵他們吃，原來小動物如此的敏銳啊！

當時艾珍媽咪正在參與台灣最紅的張小燕所主持的

節目《綜藝100》中短劇演出，製作單位知道媽咪家這隻帥哥後，總會在劇本中加入天竺鼠「嘟嚕」的戲，從此帥嘟嚕夫妻就成為固定班底中唯一的動物演員了，雖然牠們的角色只能演「寵物」，但是配合度高，又不怕生，跟誰都合得來，大家都好愛牠們哦！總是搶著把牠們抱在懷裡，而嘟嚕夫妻也很享受這種人類的溫暖。

一年後，艾珍媽咪發現牠們毛髮變乾燥，雙眼有一層白膜，也不再活潑了，獸醫診療後說這是老化的自然現象。有一天早上發現帥哥已經走了，而孤獨的太太幾天後也跟著離開世間，《綜藝100》的夥伴知道後都很傷心，還在節目中為牠們祈禱祝福。

艾珍媽咪本來還自責是不是沒有照顧好牠們，結果歐陽爸比說大天竺鼠本來就只有五年左右的壽命，牠們是正常老化的，而嘟嚕夫妻帶回來時已經有四歲多了，算是老夫老妻啦！媽咪這才了解為何牠們一直沒有生baby的原因，原來母嘟嚕是老太太，當然生不出小孩囉。

因為有了與天竺鼠相處的經驗，後來遇到小松鼠「咕咕」與小飛鼠「小灰」時，艾珍媽咪也有了勇氣與方法來照顧牠們。

但是真正克服對所有鼠類的恐懼，卻是為了救一隻小白老鼠。有一次艾珍媽咪在頂樓陽台圍牆曬棉被，媽咪發現胖貓卡滋喵動也不動地趴在牆外，盯著一隻嚇到不敢動的小白鼠，哇！這隻小白鼠是哪兒跑來的啊？這時，媽咪、胖貓、小白鼠都一起怕到「靜止不動」，過了好一會兒，媽咪怕小白鼠會被咬，雖然胖貓從來沒抓過老鼠，但是「貓抓老鼠」是天性吧！得在胖貓「殺生」之前快救鼠命，媽咪只好鼓起勇氣，很小心地翻到女兒牆外，當艾媽心跳手抖地抓住小白鼠時，啊～喲～那種熱熱軟軟的感覺真是令媽咪頭皮發麻啊！但是媽咪又不能鬆手，怕會摔傷小白鼠，只能小心地抓著小白鼠，硬著頭皮翻回牆內，找到一個小紙盒趕快把小白鼠放進去，當時小白鼠用黑黑亮亮的雙眼天真地看著媽咪時，媽咪也勇敢地仔細看清楚那隻無毛的小尾巴，居然發現牠一點都不噁心，其實還蠻可愛的。當天晚上媽咪也替小白鼠找到了收養人。

後來真正克服了對老鼠的恐懼感是來自慈悲的力量，有一次，艾珍媽咪在路的中間看到一隻剛死的大家鼠，那時的媽咪已經不怕看老鼠了，她走近觀察，看到大老鼠身體很完整，只有嘴角留著血，媽咪怕死老鼠會被車子壓爛，到時候血肉模糊的樣子，很可能會嚇到其他路人，只好找旁邊一樓的住戶要了舊報紙，鼓起很大的勇氣拿著報紙把大老鼠抓起來放到路邊安全的地方，等到環保隊員來就會將死老鼠清理掉。這件事對於艾珍媽咪來說真的非常不容易，過程中頭皮及手腳感覺麻麻的，實在是「皮皮挫」，好恐怖喔！好想把死老鼠丟開跑掉算了，但是，艾媽不斷用慈悲在心中鼓勵自己，為了替老鼠留個「全屍」，為了別嚇到別人……一定要做到。結果，只用了不到一分鐘的時間，就克服了幾十年的內心恐懼，值得！真是值得！如果當時歐陽爸比在天上看到了艾珍媽咪的勇敢行為，應該會按一堆「讚」吧！

女大不中留的失落

——赤腹松鼠咕咕

赤腹松鼠咕咕是聖伯納犬Micheal從草堆中撿回來的動物棄兒之一。

當時艾珍媽咪和歐陽爸比正牽著Micheal悠閒的在山區散步，Micheal突然在路邊停了下來，用鼻子嗅聞、撥弄著一處草叢，歐陽爸比直覺有異，輕輕將雜草撥開，居然看見一隻只有嬰兒手掌般大小的松鼠寶寶，艾珍媽咪將這隻一息尚存的小松鼠捧在手心，望著牠弱小的身軀、尚未完全睜開的眼睛，看起來像才剛出生沒有多久；她小心翼翼捧著小松鼠，在附近找了一會兒，找不到松鼠媽媽及松鼠窩；艾珍媽咪端詳著手中睡得香甜的小松鼠，心中不由自主的泛起一股母愛，義無反顧地擔負起照顧牠的責任，並將小松鼠取名為「咕咕」。

一點一滴慢慢餵大

因為松鼠是素食動物，艾珍媽咪也不敢貿然沖泡牛奶給小松鼠喝，怕幼小的牠因此腹瀉而魂歸西天，想了半天，想到鄉下雜貨店有賣一種子母牌代奶粉，是用米粉製作的，而且當時很多嬰孩會用這種米粉代替牛奶，所以決定試試看以嬰兒米粉餵養。

艾珍媽咪細心地沖泡、稀釋後，再慢慢餵食；由於咕咕剛來時實在太小，艾珍媽咪找不到適合的動物嬰兒奶瓶來餵牠，所以只能用針筒少量、分次慢慢餵，一天差不多得餵六次，而且咕咕的食量也很小，每次餵食甚至吃不到三西西就不願意吃了，但艾珍媽咪仍然非常有耐心地慢慢把小松鼠餵大。

在艾珍媽咪養咕咕的那段時期，家裡同時也養了一隻台灣獼猴——悟空，這隻猴子很調皮，常會去搶其他動物的食物來吃。有一回，咕咕和牠就為了搶水果而打起來，發狠的猴子當場就一口把咕咕尾巴後面尖尖的那一小截給咬斷了，從此，咕咕就成了少一小截尾巴的松鼠。

通常在艾珍媽咪家中飼養的小動物，行動是相當自由的，因為艾珍媽咪從來不刻意去將牠們綁起來

或關在籠子裡，而是任由動物們在屋內活動。只有晚上睡覺時為了安全才會把牠們關在自己的「小雅房」。逐漸長大的咕咕很會撒嬌，每天早上媽咪打開籠子的門牠就跳到媽咪的肩膀上抱著媽咪的耳朵一直舔，接著撒一泡尿表示媽咪是屬於牠的，真是有點傷腦筋啊！後來媽咪都會先放一塊毛巾在肩膀上。咕咕非常活潑好動，艾珍媽咪平常都會放牠在自家院子中活動，咕咕常沿著圍牆爬來爬去，偶而還會到鄰居家串串門子，為此，艾珍媽咪還特別告知左鄰右舍，若看見一隻尾巴少了一小截的松鼠在圍牆上亂爬，請不要去抓牠，讓牠自由活動，因為那隻松鼠一定就是他們家的咕咕，牠玩夠了，自然會回家。

吾家有女初長成的喜悅

大約是咕咕快七個月大的時候，有一回，艾珍媽咪的藝人朋友蔡閨一時心血來潮來訪，剛好艾珍媽咪外出，不知情的她按了電鈴，沒想到一抬頭，卻發現有兩隻松鼠正站在門楣上好奇地端詳她。

後來蔡閨打電話給艾珍媽咪，告訴她：「我今天去找你，按了你家電鈴，發現有兩隻松鼠來應門耶！」艾珍媽咪狐疑地回答：「奇怪了？我們明明只養了一隻松鼠啊？你該不會眼花了吧？」蔡閨肯定地說：「真的是兩隻啦！」雖然心生懷疑，艾珍媽咪還是覺得應該是蔡閨一時眼花看錯了，也就沒把這件事放在心上，還開玩笑對蔡閨說一定是她的眼鏡壞掉了，要她趕緊去換一副眼鏡呢！

沒想到，過了一個月，同樣的事情又發生了，這次又吃了閉門羹的蔡閨語氣相當肯定地表示她的確同時看到了兩隻松鼠！還很明白的形容：「真的啦！我眼睛沒有花啦！一隻尾巴比較短一點，另外一隻個子大、尾巴又長又澎澎ㄟ」。啊哩！這事有點怪怪喔！一次還有可能是眼花看錯，兩次就不大可能看錯，而且蔡閨也沒這麼糊塗，艾珍媽咪決定日後偷偷觀察咕咕的行徑。

經過幾天暗中觀察，艾珍媽咪發現，咕咕每天早上在吃為牠準備的水果早餐時，都會刻意留下一顆葡萄，等到牠將其他水果都吃完時，再用牙齒咬住葡萄，跳到院子圍牆外面去，一溜煙就不見了，一直到傍晚才回家。

院子圍牆外後方是座山林，艾珍媽咪再仔細觀察，發現每天早上圍牆外都會傳出「喀喀、喀喀」的聲音，接著一隻尾巴蓬鬆、堪稱是「松鼠界帥哥」的大松鼠，就站在牆外樹頭上等著咕咕。

看到這樣的情形，艾珍媽咪知道她的咕咕交男朋友，談戀愛了。

隔天早上，艾珍媽咪就對等著吃水果早餐的咕咕說：「我知道你交男朋友了，會把水果分給男朋友吃，可是你不要自己吃不飽啊，以後我會多給你一些水果帶給男朋友，所以你就安心將早餐吃光，知道嗎？」從此以後，艾珍媽咪給咕咕多準備了一份早餐，咕咕匆忙吃完自己的份後，就將水果很有耐

心地一個、一個慢慢運送出去；而為了避免調皮的猴子再去偷搶咕咕的水果吃，艾珍媽咪在咕咕運送水果時，就先把猴子「悟空」關起來，一直等到咕咕到牆外跟男友約會去了才放開「悟空」。

為愛離家，渺無音訊

就這樣談了一個多月的戀愛，開始出現夜不歸營的情形，晚上等不到咕咕回家的艾珍媽咪怕牠一旦回來找不到食物吃，總在睡前把所有動物孩子安頓好之後，就準備一些水果在籠子內等咕咕取用。

起初，艾珍媽咪早上起床後，發現她為咕咕和男友所準備的水果都消失無蹤了，斷定咕咕還是會回來拿食物；隔了一陣子，艾珍媽咪起床後卻發現所有水果都原封不動，不免開始擔心起咕咕，害怕咕咕是否出了意外？

心裡忐忑不安的艾珍媽咪，急忙撥了電話到動物醫院去詢問獸醫，獸醫聽了之後只問媽咪：「咕咕多大了？」媽咪算算咕咕有八個月大了，獸醫哈哈大笑說：「恭喜喔！您升格做阿媽啦！」醫生解釋，因為赤腹松鼠是樹棲動物，會在樹上或利用樹洞建築「愛巢」，一旦有了「愛的結晶」，為了照顧小Baby，咕咕當然就不會回來啦！

真是女大不中留啊！

雖然這是好事，但是艾珍媽咪仍會在院子裡對著圍牆外的山林大喊咕咕的名字，看看咕咕會不會回來，甚至期望有一天，咕咕會突然帶著牠新生的小寶貝們出現，但是，一段時間過去，艾珍媽咪仍舊未見到咕咕的身影，艾珍媽咪一面感慨咕咕「女大不中留」、「有了老公忘了娘」，都不會想再回來看看媽咪，真是白疼愛牠了；一方面也慶幸自己一向採用放養的方式，讓咕咕在野外還是有求生的能力，自由自在生活在山林才是真正適合牠的生活型式，畢竟繁殖後代是野生動物的天性。

「我的心情很複雜，有種辛苦把孩子養大，孩子卻跟人家跑了的感覺。雖然知道牠在外面生活應該很快樂，也誠心祝福牠，但心裡仍不免湧現出深深的失落感。」提起為愛「私奔」的咕咕，艾珍媽咪心底雖然五味雜陳，嘴角還是泛起一抹幸福的微笑。

【動物小百科】：赤腹松鼠（Red-bellied Tree Squirrel）

◎原產地：南亞、不丹及台灣。

◎體態：頭體長十八至二十四公分，尾長十八至二十公分，體重小於零點五公斤。尾毛極為蓬鬆，背部為暗灰褐色，腹部及四肢內側為紅栗色。

◎特點：俗名膨鼠，是台灣最常見的一種松鼠，為樹棲動物，主要在晨昏活動，除交配期與育幼期之外，一般為單獨活動。

（圖片／colem, wikipedia）

愛記仇的齊天大聖

——台灣獼猴悟空

台灣獼猴「悟空」是一部由胡瓜、藍心湄主演的電影《天才保姆》裡的動物演員，當時艾珍媽咪也在片中飾演胡瓜的媽媽。在拍片的過程中，可愛的悟空是戲裡、戲外都討人喜歡的開心果，為片廠帶來許多歡笑；不過，當電影殺青的時候，已經三、四個月大的悟空卻面臨無人認養的窘境，劇組也不知該如何安置牠，當時台灣還沒有野生動物中途之家，好心的艾珍媽咪就順勢收留了牠，將不知何去何從的悟空帶回家飼養。

來到艾珍媽咪家裡的悟空，竟然成為女兒玩家家酒的好對象。由

於女兒歐陽靖是家中唯一的孩子，當艾珍媽咪和歐陽爸比兩人的工作都很忙碌時，難免無暇陪伴她，所以，阿靖姊一向將家中的小動物當成自己的好玩伴，利用小動物們填補她童年的寂寞空間。

成為女兒扮家家酒的好對象

「女兒將玩家家酒的玩具通通擺在桌上，再和悟空分別坐在桌子兩邊。擔任廚師的女兒假裝認真的煮飯、燒菜，做好之後，再拿起碗來盛給悟空吃，悟空接過碗，也很配合的『嗎嗎嗎』假裝吃完，然後再把碗丟在地上。女兒對牠說：『吃完東西要給錢啊！不可以白吃白喝喔！』悟空就用手在女兒的手上拍了一下，做勢付錢給女兒，非常有趣。」艾珍媽咪描述女兒在自己的房間裡與悟空玩扮家家酒的情景，覺得相當可愛。

這隻聰明的小猴子，不但會陪伴艾珍媽咪的女兒玩扮家家酒，還會記仇呢！由於艾珍媽咪都讓小動物在家中各處自由活動，有時候，古靈精怪的悟空常常自己推門從樓上跑到樓下的廚房裡，只要一看到廚房桌上擺著香蕉，牠就會趁沒人看見的時候自行取用，亂吃一通再到處亂丟。有一次，牠又偷偷溜進廚房，看見桌上有著美味可口的香蕉，又四下無人，於是就在餐桌上大快朵頤，正巧女兒阿靖走進廚房撞見，就大聲向艾珍媽咪告狀：「媽媽，悟空偷吃香蕉！」

艾珍媽咪聽到女兒的喊叫聲，立即走到廚房，抓住悟空「啪、啪」打了兩下屁股，告誡牠：「你再這樣偷吃，我以後就不給你吃東西囉！」說完，就打開窗戶，把悟空丟到院子去，當天都不准進屋，讓牠好好反省。

結果，隔天，當阿靖姊又要跟悟空玩扮家家酒時，只見悟空理都不理她，阿靖姊搞不清楚狀況，拼命逗著悟空跟她玩；悟空還是不想理睬她，還生氣地對著阿靖姊「吱吱、噗噗」的叫個不停，彷彿是怪她：「為什麼昨天要向媽媽打小報告？害我被媽媽打屁股。」叫著、叫著，甚至氣不過還咬了阿靖姊一口，痛得靖姊向艾珍媽咪哭訴：「嗚嗚嗚，媽媽，悟空咬我，哇！」

厚～～這猴子會記仇呢！牠應該很氣靖姊是「抓耙仔」吧！

調皮美猴王生活趣味多

雖然悟空小心眼又愛記仇，不過，關於牠的趣事也不少，艾珍媽咪記得有一回準備直接從家中去片場錄影，為了方便，乾脆就先在家裡畫好妝再出門。艾珍媽咪把悟空帶到臥室裡讓牠自己玩耍，在床上、櫃子上到處亂跑，忙著化妝準備出門的艾珍媽咪也沒空理會牠，任由牠在房內隨處嬉戲。

沒想到，當艾珍媽咪應劇情要求畫好大濃妝，準備出門時，停止遊戲的悟空瞧見「變臉」之後的艾珍媽咪，居然開始慘叫，「嘎嘎嘎吱……」一直叫個不停，如同受到極度驚嚇！悟空的反應令艾珍媽咪非常生氣地問：「啊，你是看到鬼了是不是？我畫的妝有那麼醜嗎？」

調皮的悟空，常常吃完自己的食物不夠，還會去搶家中其他動物的食物吃，牠和赤腹松鼠咕咕是同一時期飼養的寵物，年紀也差不多大，兩隻動物常玩在一起，也常吵在一起，更經常為了搶水果而打架。有一次，兩隻又在爭奪水果，悟空一發狠，居然將咕咕的尾巴末端一小截給咬掉，從此，咕咕就成了少一小截尾巴的「斷尾松鼠」。

雖然如此，兩隻動物依然在一起玩耍、打鬧。直到後來咕咕交男朋友，跟男友「私奔」去了。小悟空突然少了熟悉的玩伴，阿靖姊也跟牠切八斷，寂寞無聊的小猴子就開始找鵝家族的麻煩，牠會跑到院子把鵝驅趕得到處跑，然後再把餵鵝的飼料及高麗菜抓起來吃，那個德行真像是孫悟空大鬧天庭，四處跑的鵝就像受驚嚇的天仙，而他手中的大高麗菜就像王母娘娘的大蟠桃……即使小悟空如此頑皮，艾珍媽咪還是非常疼愛牠，只要有空就把牠抱進抱出，做了好幾件小衣服給牠穿，打扮起來在媽咪的眼中還真是英俊王子，可能是朝夕相處的關係，小悟空站在媽咪旁邊真是一對相像的母子呢！

選擇成為野生猴群的一員

那時深坑住家的後山有一片野生的百香果林，每到季節，百香果樹上就結實累累，吸引了許多野生的台灣獼猴前來覓食。在一九八五年時期，台北郊區山坡地尚未過度開墾，北宜高速公路也還沒有開發，因此，在深坑山區就可以看到野生台灣獼猴的蹤影，不像現在，非得到深山裡面，才可能發現野生台灣獼猴的行蹤。

百香果成熟時，獼猴群每天都會來後山享用，當百香果樹上的果實都被吃光的時候，整個猴群也就離開了。艾珍媽咪赫然發現悟空也跟著失去蹤影！

鄰居告訴遍尋不著悟空而焦急的艾珍媽咪，有幾次他們曾經看到悟空跑到外面跟野生的小猴子一塊兒玩，彼此的互動還挺順利的。聽了鄰居的話，艾珍媽咪猜想，或許悟空是跟著猴群一起離開了吧？

台灣獼猴是群居性動物，猴群通常由一隻擔任猴王的成年雄猴、數隻成年雌猴和幼猴所組成，不太能夠容許不同族群的猴子

加入，有可能是因為當時悟空不到六個月，年紀幼小，野生猴群還能接受牠成為族群中的一員。

面對小悟空跟著同伴離去，艾珍媽咪也覺得牠的選擇是對的，雖然想念，但也只能在心中默默地祝禱，期盼悟空能在猴群中擁有自己的位置，過著愉悅的群體生活。

【動物小百科】：台灣獼猴（Formosan Macaque）

◎原產地：台灣海拔三千公尺以下地區。

◎體態：頭體長三十六至四十五公分，尾長二十六至四十五公分，體重三至六公斤，雄性體型較大，可達十二公斤。長相頭圓臉平，具有頰囊，耳朵小，臀部有紅色肉墊，尾巴粗而長。

◎特點：台灣特有種，主要活動時間集中在清晨及黃昏，為群居性動物，由雄猴擔任猴王，每一群的數量並不固定，一般為十至五十隻，群中的組成為一隻雄性的成猴、數隻成年雌猴及幼猴。

自得其樂的小飛俠

——大赤鼯鼠小灰

有一天，歐陽爸比接到了一位朋友的電話，他家中飼養的一隻大赤鼯鼠最近生了幾隻鼯鼠寶寶，或許是因為這隻鼯鼠媽媽打小就在人類家庭中被飼養長大，缺乏同類學習的對象，在幾隻小鼯鼠出生後，居然全然不知該如何扮演母親的角色，不但連餵鼯鼠寶寶吃奶都不會，甚至還極度排斥剛出生的鼯鼠寶寶。

由於朋友知道艾珍媽咪和歐陽爸比先前曾經成功養活剛出生的小松鼠，對照顧同樣屬於松鼠科的大赤鼯鼠應該沒問題，因此，他問歐陽爸比要不要帶一隻鼯鼠寶寶回家飼養看看？

愛抱奶瓶享受的小可愛

與艾珍媽咪商量後，歐陽爸比去朋友家帶了一隻鼯鼠寶寶回家，那時讀幼稚園的寶貝女兒阿靖跟著保母講了一口台灣國語，當爸比把鼯鼠寶寶帶到女兒面前，告訴女兒這是「飛鼠」，女兒開心地叫喊著：「哇！ㄏㄨㄟ鼠耶！」夫妻倆相視而笑，從此，因為女兒阿靖的台灣國語腔調，這隻鼯鼠寶寶就取名叫做「小灰（ㄏㄨㄟ）」了。

大赤鼯鼠，曾是台灣山區林間熟悉的常客，不過，近來由於林地的開墾及人類的濫捕，鼯鼠數量已經銳減。艾珍媽咪運用飼養赤腹松鼠咕咕的經驗來照顧這隻小嬌客，同樣一天餵牠六次米粉做的「子母牌代奶粉」，期望牠很快地就能夠像咕咕般活蹦亂跳。

不過，鼯鼠的發育情形好像比松鼠來得晚，加上小灰也視喝奶為一種樂趣，因此，直到六個月大時，牠還抱著奶瓶在喝奶，而且一次還可以喝光二十西西呢！初生嬰兒的奶瓶剛好適合小灰，艾珍媽咪將沖泡好的奶瓶塞在小灰懷裡，牠自己就可以抱著奶瓶喝光光，模樣煞是可愛，看著抱著嬰兒奶瓶喝奶的小灰一臉滿足的樣子，彷彿在享受牠一天最快樂的時光。

飼養小灰時，艾珍媽咪的家已經從深坑郊區搬到台北市區，小灰無法像咕咕一樣可以在住家周遭的山林間跳躍，更甭提有同類可以學習模仿了，再

加上屋子裡面大多是狗兒們，小灰居然就將家中的狗兒當作學習的對象，想要去哪裡，都使用四隻腳在地上行走，既不會跳躍，也不會滑翔，完全沒有發揮鼯鼠的特性。

學習鼯鼠本能的初體驗

艾珍媽咪思索著如何讓小灰「恢復正常」，最後決定由自己當飛鼠媽媽逐步教導牠。首先要教小灰學會平行的跳躍動作，艾珍媽咪先準備了兩張相同高度的椅子，分兩邊置放，之間相隔約五公分；媽咪先將小灰放在一張椅子上，自己再站到另外一張椅子旁，對著小灰喊：「小灰，跳！」

小灰看看艾珍媽咪，又看看兩張椅子，過了一會兒，牠慢慢展開行動，可是不是用跳的，而是跨步走到另一張椅子上！有點哭笑不得的艾珍媽咪再將兩張椅子的距離拉大，以同樣的方法再呼喚小灰：「小灰，跳！」但這次小灰卻呆在原地，害怕地趴在椅子上，任憑艾珍媽咪再三呼喚，牠就是絲毫也不肯移動！艾珍媽咪無奈，只好親自「下海示範」，她站到椅子上向小灰說：「來，小灰，跳！」接著自己從一張椅子跳到另一張椅子，就這樣來來回回，不斷地在小灰面前示範跳過來又跳過去的動作。

在艾珍媽咪的示範及鼓舞之下，小灰終於鼓起勇氣，學習嘗試從一張椅子跳到另一張椅子；等小灰習慣了跳躍的動作，艾珍媽咪再拉大兩張椅子間的距離，一步一步，讓小灰越跳越遠。

平行距離的跳躍沒有問題了，艾珍媽咪接著訓練小灰高度落差的跳躍及滑翔。艾珍媽咪把小灰放在酒櫃上方，比劃著動作，喊：「小灰，跳、跳！」要牠由上往下跳，可是剛被放到高處的小灰簡直嚇壞了，只是在上頭呆呆的看著，就算艾珍媽咪喊破了喉嚨，牠還是不肯往下跳。

艾珍媽咪只得再度示範，不過，這次媽咪可是無法爬到酒櫃上方往下跳的，因為那會摔斷腿啊！媽咪只能站在椅子上，不斷地從椅子跳到地面上做示範。聰明的小灰在酒櫃上方看著艾珍媽咪不停反覆示範，自己終於也願意嘗試了，鼓起勇氣從酒櫃上往下跳；當小灰往地面跳下時，牠本能地將雙手打開，呈現出漂亮的滑翔動作，哇！小灰學會滑翔啦！

從此以後，小灰發掘了牠生活上除了喝奶之外的最大樂趣，每天開心地在屋內從一處跳躍到另一處，由高處往下恣意滑翔。艾珍媽咪笑道：「自從小灰學會滑翔以後，每一天你都可以看到屋內有一隻超級忙碌的鼯鼠，不停地張開雙手，『啪、啪、啪』的從這一頭飛到那一頭，再從那一頭滑到另一頭，開心得不得了。」

天敵也可以是好朋友

那時，艾珍媽咪家裡還同時收養了鳳頭蒼鷹和貓頭鷹等猛禽，按照自然定律，猛禽類動物應該是鼯鼠的天敵，然而，由於這些猛禽從小和小灰一起長大，等於是哥兒們，彼此也很包容對方的存在，只是身為猛禽的牠們每天還是習慣站在櫃子上方俯視屋內，很奇怪地盯著小灰不停地上下跳來跳去、飛來飛去。

自得其樂的小灰就在艾珍媽咪家逐漸成長，由

於鼯鼠並不像松鼠那樣可以生活在低海拔的地區，而且小灰又與人類過度親近，因此艾珍媽咪一直無法將小灰帶到山林間野放，所以，小灰也就一直待在艾珍媽咪家中生活著，一直到牠年紀大了，出現一些白內障、尿失禁等老化現象，行動也越來越遲緩，在牠六歲時也就自然死亡了。

【動物小百科】大赤鼯鼠（Formosan Giant Flying Squirrel）

◎原產地：分佈於森林中低海拔針、闊葉林區。

◎體態：頭體長約四十五至五十公分，尾長約四十五至五十公分，成鼠重約一點二至一點五公斤，頭部渾圓，全身長滿紅褐色細毛其中間雜黑色的毛，眼眶為赤褐色。

◎特點：屬松鼠科，是台灣三種鼯鼠（小鼯鼠、大赤鼯鼠及白面鼯鼠）中最大型的一種。鼯鼠是夜行性動物，通常都單獨出現在樹冠層活動覓食，後肢之間有皮膚薄膜相連，類似滑翔翼，懂得從高處向下來滑翔，並以尾巴來控制方向。

仰天長嘯的天空之王

——猛禽們的故事

有一天，歐陽爸比回家的時候突然神秘兮兮地喊著艾珍媽咪走過去一看，哇！歐陽爸比竟然帶回來一隻小鷹！歐陽爸比說：「你看，牠是出生還沒多久的幼鳥哦！」在一九八五年前後，《野生動物保育法》尚未正式實施，加上民眾的好奇，野生動物恣意買賣飼養的情況其實是蠻嚴重的，有些不肖商人甚至還會直接去鳥窩偷取幼雛來販售，但若雛鳥在市場上銷售不佳、詢問度低，他們通常就會讓人收養，因此，三教九流交友廣闊的歐陽爸比總是有機會遇到這種需要人收養照顧的野生動物。

來不及取名字的鳳頭蒼鷹

先前歐陽爸比曾經帶回了一隻鳳頭蒼鷹，鳳頭蒼鷹顧名思義頭上長了一根類似傳說中鳳凰般的羽毛，外型相當漂亮；這隻鳳頭蒼鷹出自於一位夜市攤販的「慷慨」贈予，因為牠的健康已經產生問題，小販認為不好脫手且照顧起來也挺麻煩的，因此就輾轉來到了艾珍媽咪家。

那時家裡同時還養了貓頭鷹「小叮噹」與鼯鼠「小灰」，鳳頭蒼鷹來了之後，三個小東西常一起出現在酒櫃上頭。小灰喜歡從高高的酒櫃向下滑翔，每天既忙碌又開心地飛來飛去，而貓頭鷹與鳳頭蒼鷹則是保有猛禽的習性，習慣站在高處向下俯視，用不解的眼神看著小灰滿場亂飛。不然就一起站在窗邊看著院子外對牠們狂吠的狗兒們。

照理來說，鼯鼠與猛禽應是天敵，若依照自然界的定律，小灰應該老早就喪生在這兩隻猛禽的利爪之下，但或許是因為一起長大的關係，彼此都相當習慣對方的存在，這三個動物朋友也就這麼相安無事的天天生活在一起。

雖然艾珍媽咪很盡力地照顧鳳頭蒼鷹，不過，很遺憾的，沒多久牠就死亡了。牠原本就已經不太健康，後來又感染呼吸道方面的疾病，獸醫也束手無策，很快就命喪黃泉，快到連艾珍媽咪都還來不及為牠取個好名字呢！

【動物小百科】鳳頭蒼鷹（Asian Crested Goshawk）

◎原產地：印度、中南半島、馬來半島、華南、華中及台灣低地的落葉林及常綠林區。

◎體態：體長約三十五至四十五公分，重約零點二至零點五公斤，兩翼展開寬約六十五至八十五公分，是中等體型的蒼鷹類，翼短而圓，短羽冠通常後縮不可見，有暗色的喉央線，尾長有明暗色橫帶。

◎特點：由於翼短而圓，非常適合在樹林中穿梭飛行，常躲在樹林裡，伺機捕捉小型動物；經常在領域的上空滑翔，白色的尾上覆羽散開明顯可見。

愛吃醋的貓頭鷹小叮噹

歐陽爸比這次帶回來的小鷹個頭不小，但只有兩個月大，尚需倚賴母鷹的餵養。那時社會興起一股飼養猛禽的風潮，英勇威武的老鷹成為市場上的搶手貨，原本這隻小鷹已經被人給買走了，但由於對方養了幾天覺得不適合，又退回去給賣方，歐陽爸比也就順勢將牠「撿」了回家。

艾珍媽咪將小鷹取名為「嘟嘟」，或許因為嘟嘟尚是幼雛的關係，習慣從母親口中獲取食物，因此，已經把艾珍媽咪當成自己親生媽媽的嘟嘟，每次只要與艾珍媽咪親近，都會用鷹喙碰觸艾珍媽咪的嘴巴「親親」，檢查她的嘴裡有無食物。

孰料，嘟嘟這樣的舉動看在貓頭鷹小叮噹的眼中，居然使得小叮噹醋勁大發，不時抗議；雖然同樣是猛禽，但小叮噹對嘟嘟就不像對待鳳頭蒼鷹那樣友善，特別是每次嘟嘟跟艾珍媽咪「親親」時，分外眼紅的小叮噹總是在一旁瞪著大大的眼睛，虎視眈眈的「監視」著嘟嘟與艾珍媽咪的親密互動，甚至站在遠遠的椅子上，兩腳輪流踩踏，發出咕咕的抗議聲。幸好身為鷹類的嘟嘟雖然還是隻雛鳥，好歹也是「鳥類之王」，天生擁有三分架式，所以小叮噹雖然對牠表

現相當吃味，倒也還不敢主動去排擠、攻擊嘟嘟。

說到這隻貓頭鷹小叮噹，牠也是艾珍媽咪的女兒歐陽靖小時候的玩伴之一，最喜歡和阿靖姊一起泡澡，阿靖姊走到哪兒牠就飛到哪兒，也會站在玩具娃娃頭上看著阿靖姊玩，夜晚自己玩夠了就會靠在艾珍媽咪的枕邊相擁而眠，留下了許多歡樂的回憶。

小叮噹是一家賣鳥飼料的老闆送的，剛來的時候也是隻雛鳥，最喜歡泡澡和撒嬌，只要看到艾珍媽咪在替女兒放洗澡水，牠就會衝進浴室，想要和女兒一起洗澡和玩水，艾珍媽咪

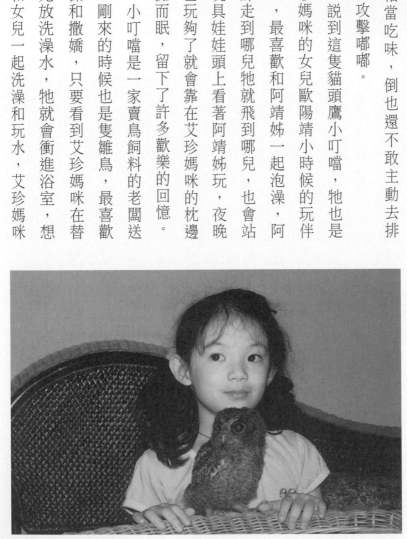

只得在旁邊另外準備一盆乾淨的冷水，讓小叮噹好好洗個痛快、玩個痛快！而小叮噹撒嬌的工夫也是一流的，當牠向艾珍媽咪撒嬌的時候，牠會將翅膀整個打開，環抱著艾珍媽咪，再將頭緊緊貼著艾珍媽咪的胸前，就像一般親子間的親密互動，令艾珍媽咪感覺十分窩心。

當小叮噹長大學會飛行時，艾珍媽咪也放牠在家裡四處活動，如同一般猛禽類的習性，牠喜歡站在高處向下俯視，就連「解放」時也不例外，小叮噹選定了家中的一扇門作為牠的「廁所」，常站在門板上向下「解放」，因此，靠近牆壁的門後經常會有小叮噹投擲的「便便炸彈」，艾珍媽咪只得定期去消毒清理乾淨。

由於貓頭鷹是夜行性動物，所以，夜闌人靜反而是小叮噹正精神抖擻的時刻，初期艾珍媽咪夜半醒來，一張開眼睛，赫然看見一隻貓

頭鷹乖乖坐在枕頭旁邊，不吵也不鬧，只是靜靜地看著主人睡覺，不免嚇了一跳，不過，習慣了以後倒還覺得挺有趣的呢！

【動物小百科】貓頭鷹（Owl）

◎原產地：約有二百個品種，是全世界分佈最廣的鳥類之一，除了北極地區外，幾乎世界各地都可看到貓頭鷹的蹤影，環境適應能力相當高。

◎體態：屬於鴞形目夜行性猛禽，心型面盤是倉鴞科，圓形面盤則是鴟鴞科，有些貓頭鷹還長有一對豎立如耳朵的角羽，方便藏匿於環境中；一般來說，貓頭鷹都有雙只能朝前看的大眼睛，必須轉動頭部才能看左右兩邊，其脖子長又軟，能轉動二百七十度。

◎特點：又稱「鴞」，貓頭鷹只是人們給予的一個俗稱而已，全世界九千七百多種鳥類中，貓頭鷹約占百分之二，但無論在型態構造、行為表現或演化機制上都迥異於其牠鳥類。貓頭鷹常被視為「智慧」的象徵，其聽覺神經發達、聽力敏銳，可說是獵捕高手，對於維持生態平衡、減少鼠害、控制害蟲的數量有著重要意義，但也是很脆弱的，需要人類的保護。

逐步展開野放計畫

雖然小叮噹和嘟嘟不對盤，但兩隻猛禽也會同時站在高處，俯視下面過往的人和動物們。艾珍媽咪發現，嘟嘟雖然不會主動攻擊任何人或小動物，但畢竟是猛禽類，只要是個頭較小的動物經過，牠總會不由自主地在空中伸展一下鷹爪，就連艾珍媽咪的女兒阿靖經過時也不例外，當然只是比劃比劃而已。

而聰明的嘟嘟，每每只要艾珍媽咪外出回家，車子靠近家門，就會聽到牠「嘎啊、嘎啊」的呼叫聲，彷彿在向艾珍媽咪抗議：「媽咪，你終於回來啦！我等你好久了呢！」

當初艾珍媽咪之所以會收容嘟嘟，並非只是單純想當個飼養者，最終目的還是期望能夠幫助嘟嘟回歸大自然，順利野放成功。

由於那時尚未有像「特有生物保育中心」這樣專業的野生動物收容機構，想要成功野放嘟嘟，艾珍媽咪只能「自力救濟」，她首先請教台北市立動物園的人員，對方表示，像嘟嘟這種從小習慣與人類生活的猛禽，因為對人類有著過度的信任和親近，已經完全喪失自然的野性，缺乏野外求生的能力，所以，如果冒然將牠野放到大自然，必定是死路一條，也很可能會再度投入人類的懷抱，寧為禁臠。

所以，如果想要成功野放猛禽，事前得歷經過一套訓練計畫，最好能夠準備一個大籠子，將欲野放的野生動物放在其中，讓牠學會自行獵食小動物，並破壞其對人類的依賴感與信任度，導致排斥人類；等到牠會自行獵食，一切就緒了以後，再用頭套把牠的頭套住，帶往遠離人類的高山上去野放，如此才能成功回歸大自然，以當時的資源來看，這真是一個困難的計畫。

當嘟嘟約三個多月大時，艾珍媽咪便開始實施嘟嘟的野放計畫，而計畫的第一步，就是先鍛鍊嘟嘟的翅膀，讓嘟嘟學會展翅飛翔。

艾珍媽咪經常帶著嘟嘟到戶外曬太陽，讓牠站在支架上，只要用手抓住嘟嘟的尾巴，牠就自然會不斷地拍動翅膀，希望藉由這樣的訓練讓嘟嘟的翅膀變得更強壯，能夠早日飛向藍天。

當嘟嘟乖乖站在支架上曬太陽時，牠常會蹲低著身體，然後抬頭看著天空，發出「咿～」的一聲長嘯，艾珍媽咪聽了心裡好難過，那一聲長嘯意味著嘟嘟對天空的嚮往與渴望！的確，嘟嘟是屬於天空的，明明是老鷹卻像雞一般地在地上生活，牠不應該像家禽一樣被人類飼養在家中，倘若不是不肖商人的恣意買賣，今日的牠應該在天空自由自在盤旋、翱翔，蔚藍的天空與森林才是牠的家！

在人類的私慾下，有多少原本應是屬於天空的鳥禽被腳環或籠子束縛住自由，又有多少屬於大自然的野生動物淪為人類寵物？艾珍媽咪覺得好生不忍。雖然被棄養的嘟嘟在艾珍媽咪的照顧下逐漸茁壯，艾珍媽咪也盡力幫助牠回歸大自然，但每每聽到嘟嘟仰天長嘯，流露出哀傷的神情，艾珍媽咪的內心仍不免隨之哀傷，巴不得嘟嘟能早日朝向藍天飛去。

不論猛禽的飼主有多麼疼愛牠，給牠多麼周全的照顧，讓牠看似幸福的終老，艾珍媽咪始終相信，無法盡情展翅高飛的猛禽心底仍存有深深的遺憾，人類實在沒有權力剝奪動物的生存價值，猛禽就應該活得像隻猛禽，而非委身當一隻幸福的飼料雞！

「從我個人的例子就可以證明，不管你有多麼喜愛野生動物，可以和牠相處得多麼親密，但你仍沒有權利去剝奪上天賜予牠的生存價值！」艾珍媽咪頗有感慨地說：「我們人類不也常說要追求自我、活出自己嗎？如果動物能夠選擇活得自我、過得自在，即使生命短暫，牠們一定也了無遺憾！」

【艾珍媽咪的小叮嚀】

天空才是猛禽的家，千萬不要把猛禽當成家禽來養，因為每種動物都有其生存價值，最好不要豢養野生動物，若養了就一定要考慮到日後的放養問題，絕對不能隨意棄養，放養野生動物只能送專門機構，因為牠們一定要經過完善的野放訓練過程，才能順利回歸大自然。

讓人措手不及的遽變

艾珍媽咪認真執行著嘟嘟的野放計畫，每天的鍛鍊沒有停止，然而，有一天晚上嘟嘟卻突然倒下，再也站不起來！而且不僅嘟嘟，同樣屬於猛禽類的小叮噹也垮了下去！

艾珍媽咪趕緊請獸醫來家裡看診，當獸醫趕來的時候，兩隻猛禽已經在極短的時間內相繼往生了！

突然間失去兩隻愛鳥，艾珍媽咪心中的難過真是筆墨難以形容，探究嘟嘟和小叮噹死去的原因，獸醫檢查後表示主因是都市空氣污染的關係，因為都市空氣中瀰漫著許多病毒，尤其是呼吸道方面的病毒，而鳥類又比獸類對空氣污染來得敏感。飛禽可以說是環境的指標，環境一旦受到污染，飛禽絕對是最先受到影響的族群，醫生判斷，嘟嘟與小叮噹就是遭到呼吸道感染病毒的侵害，才不幸喪生。艾珍媽咪這才驚覺住家外不到一百公尺處的鐵道邊，每天堆放附近醫院的廢棄物啊！而當時的居民對這種空氣污染的警覺心是一點都沒有啊！

此外，醫師也給艾珍媽咪上了一課，人類飼養的野生動物缺乏自然界的抗體也是原因之一，在自然界環環相扣的食物鏈當中，猛禽會自行捕捉小型哺乳類，而這些小型哺乳類亦各自攝取食物，環環相扣，自然會產生一種抗體，這也是大自然中的奧秘，目前人類尚難以理解自然抗體的形成；所以，人類所飼養的鳥禽無論再怎麼餵養，補充再多的維他命、營養素，也無法補足牠們體內所需的自然抗體，特別是對空氣污染高度敏感的猛禽，這也是為何猛禽不易飼養的原因。

嘟嘟與小叮噹的驟逝，讓艾珍媽咪極度傷心難過，甚至有一段時間，艾珍媽咪拒絕與人談論動物相關話題，怕勾起自己同時痛失兩隻愛鳥的哀傷，每每想起與嘟嘟、小叮噹共度的美好回憶，艾珍媽咪仍忍不住心傷。

經過了一段時間，艾珍媽咪才撫平傷口，開始思考如何宣導尊重動物議題。曾經有人找上艾珍媽咪商談紀錄片的拍攝事宜，但由於動物這部分屬於過去式，在畫面取得上較有困難且不易呈現，因此對方希望艾珍媽咪能捨棄掉動物這一部分；這樣的建議被艾珍媽咪斷然拒絕了，她向對方說：「沒辦法，這是我人生中最重要、最有意義的一塊，如果把牠們拿掉的話，我的人生就稱不上完整，也不值得記錄啦！」

對艾珍媽咪來說，每隻動物都如同自己的孩子一般，她為牠們投注了豐沛的情感，而動物們也相對給予回饋與滿足，彼此產生了看不見卻又難以割捨的情感牽絆，艾珍媽咪也因此豐盈了人生，覺得自己永遠都是富足的！

鶼鰈情深的恩愛夫妻

——中國鵝呱呱

每回艾珍媽咪受邀去講述動物們的故事時，聽眾點選度最高的就是中國鵝呱呱，偉大的鵝爸爸對妻兒的愛，常令現場聽眾感動不已，很多人聽過還想再聽。

由於深坑住家在山區，常有雨傘節、龜殼花等毒蛇在附近遊竄，為了避免毒蛇進入院子傷害到孩子和小動物，艾珍媽咪便聽從鄉下鄰居的建議，養了一對土鵝來防蛇，因此，公呱呱與母呱呱就來到了艾珍媽咪家。

深情體貼的模範丈夫

傳說鵝對愛情相當堅貞，一旦結為夫婦，便會終身相伴，白頭偕老。依據艾珍媽咪的觀察，果真如此，不過在情感的挹注上，似乎是公多於母，公呱呱總是對母呱呱疼愛有加，每次吃東西一定讓母呱呱先吃，待母呱呱吃飽了以後，牠才會去善後，就連在一起散步時，牠也會讓母呱呱走在前頭，自己則在後頭保護著母呱呱，只要有狗兒靠近，牠就會把翅膀打開，嚇走狗兒，無時無刻不呵護著母呱呱，一副「天底下老婆最大」的樣子。

深情的公呱呱不僅對老婆溫柔體貼，對艾珍媽咪也表現得很親熱，只要艾珍媽咪在公呱呱旁邊蹲下，牠就會把翅膀打開，將頭輕輕倚靠在艾珍媽咪的肩膀上抱著撒嬌，但通常這個時候，母呱呱就會吃醋了，常冷不防鑽到艾珍媽咪的背後，對準她的屁股狠狠地啄下去，而且母呱呱從不給艾珍媽咪好臉色看，若艾珍媽咪不小心碰到母呱呱一下，肯定會被牠反過來狠狠咬一口！

不過，母呱呱對歐陽爸比的態度可大不相同，只要是歐陽爸比一聲呼喚，不管多遠，母呱呱都會立即飛奔過來，把頭放在爸比手掌上磨蹭撒嬌，果真是「異性相吸，同性相斥」！

當母呱呱第一次生蛋時，艾珍媽咪興奮地撿回來煎個又大又圓的「荷包鵝蛋」與女兒阿靖享用，一顆

蛋就占滿一個中型的盤子，憑良心說，真的不怎麼好吃，而且還有腥味，加上因為蛋太大了，還很難料理。當媽咪連吃了三天之後，歐陽爸比發火了，大罵艾珍媽咪真狠心，連自己「小孩」生的蛋也捨得吃！啊哩～這麼說誰還敢吃啊？後面幾天生的蛋只好任由它在草堆化作肥料了。

後來，這兩隻恩愛的鵝伉儷又有了愛情的結晶，這次牠們共生了七個蛋，艾珍媽咪每天將蛋撿起，小心用布包裹後放在抽屜保管，等母呱呱停止生蛋後，就放進已經準備好的「產房」讓母呱呱孵蛋。相當有責任的公呱呱，在母呱呱孵蛋的這段期間，日以繼夜的待在母呱呱身邊緊緊保護，不讓牠受到一點驚擾，還會將飼料叼過來放在母呱呱面前讓牠吃，更不斷將野菜放在山水池沾濕後再叼到孵蛋窩旁，讓老婆不用起身就能吃飽也有水喝，使母呱呱能夠安心孵蛋。而公呱呱日夜站在母呱呱身邊護衛不敢睡覺，累了只敢閉一下眼睛，兩腳輪流站立也不敢趴下，真是辛苦啊！其實爸比把「產房」四周圍得很安全，又有木屋擋風遮雨很舒適，一點都不用擔心，看來公呱呱不但負責任，還很愛老婆呢！

看著公呱呱這麼疼愛老婆，歐陽爸比不禁說：「那些背著老婆在外面亂搞偷腥或是有家庭暴力的男人，真該把他們帶來和我們家的鵝一起關個三天，讓他們好好看看公呱呱這個模範丈夫的示範，反省一下自己居然連鵝都不如！」

負責盡職的好爸爸

母呱呱孵育的七顆蛋中，有一顆蛋被踩破了，艾珍媽咪拿起來檢查，裡面是隻發育不全的畸形小鵝，還有一顆蛋裡的小鵝雖然已經孵化出來了，但也是隻短脖子畸形的小鵝，母呱呱本來想把牠踩死，艾珍媽咪一把將牠救起，特別去照顧牠，但養了兩天，那隻畸形的小鵝還是死掉了，艾珍媽咪這才了解動物界淘汰法則的道理，明白母呱呱為何會主動淘汰掉不健全的蛋與幼雛。

剩下的五顆蛋，都孵出了健康的幼鵝，可是當幼鵝孵化出來以後，艾珍媽咪形容她的「酷刑」也跟著開始了，因為此後每天清晨四點多，天才矇矇亮，公呱呱就會「咯噢、咯噢」大聲呼喊，高聲呼喚主人趕緊弄飼料來餵養牠的小寶貝；為了怕一大清早響徹雲霄的鵝叫聲吵醒鄰居，艾珍媽咪只得睜開惺忪的雙眼，用最快的速度拌好飼料，衝過去擺在小鵝面前，直到飼料盆放下的那一刻，公呱呱才會停止驚天動地的喊叫聲。

當小鵝們爭先恐後地吃得津津有味時，艾珍媽咪就在一旁靜靜觀看，她發現母呱呱也會跟著孩子們一起搶食，一點兒也不會禮讓小鵝，但公呱呱從來不會一同搶食，絕對是確定老婆和孩子們通通吃飽之後，才會去吃殘羹剩菜，有時母鵝和小鵝們意猶未盡，把所有食物統統吃個精光，害公呱呱得餓肚子，牠也完全不以為意，仍然不會前去搶食；因此，艾珍媽咪總會額外幫這個對家人全心關照的偉大爸爸多準備一些食物，免得牠不小心被餓著了。

小鵝們日益茁壯，公呱呱和母呱呱開始一起帶著小鵝們外出去散步，住家圍牆旁有塊草地是牠們最喜歡去的地方，一到了草地，公呱呱就會帶著孩子們在草叢間啄食，而母呱呱則完全不理會老公與孩子，自顧自的到處閒晃，等大夥兒都玩夠了，再集體返家，這時公呱呱都會小心翼翼地走在最後面「押隊」，一路護送妻兒們安全回家。

然而，天有不測風雲，有一天傍晚，公呱呱又如往常般順著山路護送妻小回家，一輛計程車迎向駛來，公呱呱張開翅膀將小鵝們趕至路旁，但牠自己卻被煞車不及的司機給撞到了，當場慘死在計程車輪下。

原來不是不愛牠

對於公呱呱的驟逝，艾珍媽咪哭得很傷心，她先把小鵝們關回家，抱著公呱呱到住家旁邊牠們每天玩耍的空地上挖了一個坑洞，將公呱呱埋葬在裡面，上面再疊放幾塊磚頭做記號。安葬好了公呱呱，大約是下午五點鐘，她瞥見一直站立在一旁的母呱呱，感覺自己對於公呱呱的死似乎比牠還難過，就對母呱呱說：「還好今天走的是公呱呱，你才無所謂，要是今天走的是你，我不知道公呱呱會有多傷心、多難過呢！」話才說完，母呱呱馬上踩到磚塊上，艾珍媽咪氣得說：「為什麼妳老公死了還要踩著牠呢？」因為認定母呱呱的無情，所以艾珍媽咪也不太理睬母呱呱，獨自回家去了。

天色逐漸暗去，到了晚上八點多艾珍媽咪發現鵝群中居然缺少了母呱呱，難道牠一直都沒有回家？該不會還待在埋葬公呱呱的空地那裡吧？疑惑的艾珍媽咪趕緊拿著手電筒跑到空地一看，母呱呱居然還在那堆磚塊上面，方向與下午時一模一樣，不同的是全身癱軟地趴在磚塊上動也不動。

母呱呱可能就這樣獨自在丈夫安息之地好幾個小時，緬懷著深愛牠的丈夫，這樣的行為舉止充分反映出其失去丈夫內心深層的哀慟！看到這幅景象的艾珍媽咪，瞬間明白自己的確誤會母呱呱了，公呱呱在牠心中還是占有極為重要的地位，牠並非不愛公呱呱，只是不善於表達而已，面對公呱呱的突然離去，相信牠心中的難過與不捨肯定不亞於艾珍媽咪。

若不是艾珍媽咪前來尋找，母呱呱還不知要在磚塊上面趴到什麼時候呢？艾珍媽咪心疼地抱起母呱呱，平時碰都不願讓她碰一下的母呱呱，此時卻毫無反抗，任由艾珍媽咪將牠抱回家，流露出喪偶的孤寂與悽涼。而艾珍媽咪抱著母呱呱坐在椅子上，一面流淚一面向母呱呱說對不起、對不起誤會牠了。說也奇怪，以後母呱呱再也不咬艾珍媽咪了。

像爸爸的汽球亞利

因為沒有了公呱呱的庇護，母呱呱和小鵝們也很少再到外面去野放了。

由於中國鵝生來有白色與灰色兩種，白色中國鵝全身羽毛純白，眼睛是藍色的，嘴巴、瘤冠和腳脛都是橘黃色，就是一般我們常在國畫中看到的大白鵝；而灰色中國鵝的羽毛顏色就呈現淡灰褐色或褐色，胸腹和頸前為淡色或白色，眼睛是棕色的，嘴巴及瘤冠是黑色的，腳脛是橘黃色的。公呱呱和母呱呱屬於灰色的中國鵝，不過牠們生下來的五隻小鵝當中，有兩隻是白色的，其他三隻就和父母一樣是灰色的，其中又有一隻長得和公呱呱幾乎一模一樣，而且也是隻公鵝，或許是移情作用，在公呱呱死後，母呱呱就常常跟在這隻鵝兒子後方走，似乎想要藉由跟隨這模樣酷似丈夫的兒子，思念著死去的丈夫。

後來，這隻酷似公呱呱的小鵝卻得了一種怪病。有一天，牠突然全身變得異常浮腫，連整個臉都腫起來了，就好像一個充飽了氣的汽球一樣。那時，艾珍媽咪的女兒阿靖姊給每一隻小鵝取名都叫「亞利」，什麼「大亞利」、「小亞利」、「白亞利」、「黃亞利」，於是，大家就把這隻生了怪病的小鵝叫「汽球亞利」。

面對汽球亞利的怪病，艾珍媽咪實在不知該如何是好？她詢問獸醫，獸醫表示，一般人養鵝遇到這種情形，早就將鵝給淘汰掉了，根本沒有人會費心去治療牠。或許也和母呱呱一樣對這隻小鵝有移情作用，艾珍媽咪聽了獸醫的答覆之後，仍然不死心，想盡全力搶救這隻長相酷似公呱呱的小鵝。

她翻遍了所有飼養家禽的書籍，終於在一本老舊的書籍中，發現裡面記載一種叫做「鵝肝腫」的病，其描述的症狀類似汽球亞利的怪病，書中敍述治療這種疾病的方法，就是要大量補充A仔菜（萵苣）。

於是，艾珍媽咪每天都去向農家買最新鮮、乾淨的A仔菜，再拌上最營養的飼料給汽球亞利吃，還每天在鵝腿上注射補肝及消炎成分的針劑，期盼汽球亞力能夠早日痊癒；這時的汽球亞利全身已經腫到幾乎無法動彈，只要不小心摔跤，就整個四腳朝天，怎麼翻也翻不回來，艾珍媽咪只得常幫忙汽球亞利翻身。

就這樣餵了一個月新鮮又營養的A仔菜拌飼料之後，汽球亞利頭頂上的某個地方突然凹陷下去，彷彿出現一個凹洞，全身的氣都藉著那個凹洞排掉，汽球亞利的身形也恢復正常了；艾珍媽咪事後仔細檢查那個凹陷的地方，實際上並沒有凹洞出現，真的很奇怪，不過汽球亞利自此也就恢復健康了。

將鵝分送各處

在聖伯納犬Micheal往生之後，艾珍媽咪全家想要搬回台北市區居住，因此，鵝群們的去處也需要另做安排。附近一位湖南省籍的老太太要求艾珍媽咪將一對鵝送給她，艾珍媽咪緊張的告訴對方：「送給你可以，可是你千萬不能將牠們殺來吃喔！」湖南老太太保證絕對不會，她解釋，因為鵝屬大雁科，是一夫一妻制，在古代女兒出嫁時，都喜歡用一對鵝來作為陪嫁，以象徵夫妻之間的情感和睦，忠貞不渝。當年老太太在家鄉出嫁時也有一對鵝來陪嫁。每天看到艾珍媽咪家的鵝就令老太太想起往事，因為對鵝有著特殊的情感，才會期望能夠代為照顧牠們。

於是，艾珍媽咪就把一對灰色的鵝送給了那位湖南老太太，另一對白色的鵝就送到了好友應采靈的家。那時應采靈也住在深坑，家裡養了一群俄羅斯種的扁頭鵝，不但不會保護小孩，有時還會伺機啄咬采靈的女兒呢！不過，在這兩隻白色中國鵝送去之後，就主動擔任起護衛的工作，只要其他鵝群一靠近采靈的女兒身邊，牠們就會張開翅膀驅趕，應采靈再也不需擔心女兒被其他的鵝攻擊了。

至於母呱呱和汽球亞利呢？艾珍媽咪將牠們送到台北市立動物園的可愛動物區，因為牠們是純種的中國鵝，具有教育展示的功能，動物園才可以收養。過了兩年，當艾珍媽咪再去動物園看牠們時，呼喊牠們的名字，牠們也會「呱呱」回應，甚至母呱呱還會游過來將頭放在艾珍媽咪的手上撒嬌，興奮地輕輕咬著媽咪的手，完全記得昔日的主人；艾珍媽咪對於牠們的記憶力感到很驚奇，面對情感豐富又具記憶力的中國鵝，誰還敢戲稱鵝是「大笨鵝」或「呆頭鵝」呢？

【動物小百科】中國鵝（Chinese Goose）

◎原產地：中國大陸東南，分佈於歐亞各地。

◎體態：中國鵝為輕型鵝種，有白色羽及灰色羽等兩個品種，頸長、尾短向上，纖細優美體態類似天鵝，體重約四點五至五點五公斤，母鵝年產蛋數僅約三十至四十個。

◎特點：鵝是由野雁馴化而來，性情溫順，對愛情表現堅貞，一旦結為夫婦，便終身相伴，若其中一隻不幸身亡，另一隻便不再擇偶，因此古代男女婚嫁喜用一對鵝來象徵夫妻和睦，忠貞不渝。

放生動物

為了讓動物孩子們有好一點的生活環境，艾珍媽咪在女兒歐陽靖三歲的時候，全家搬到了深坑山上居住。當時的深坑真是偏僻啊！整條老街只有兩家餐廳「大樹下」及「廟口」在賣深坑豆腐，也只有幾家小商店賣簡單生活用品及農具，如果要買奶油之類的物品得開車半個鐘頭到台北市木柵區採購。但是早上深坑老街的臨時菜市場倒是有許多台北市看不到的東西呢！

有一天早上艾珍媽咪帶女兒阿靖去逛深坑老街市場時，在市場的尾端看到了一個奇怪的攤販，是一位黑黑瘦瘦的中年人，在他前面的地上只放了一個網狀的袋子。因為從來沒見過這個人，艾珍媽咪好奇地靠近看看，在網子內有一隻灰咖啡色帶有斑點的「雞」，這個小販向大家介紹這種「野雞」燉湯很好吃也很補喔！

艾珍媽咪越看越覺得奇怪，好像在哪兒見過這種「野雞」？有一點兒像歐陽爸比帶她們母女到石碇山上，常常在樹林中看到枝頭上飛來飛去的一種野鳥ㄟ！而且看到的都是一對一對的，公鳥有炫藍色羽毛及長尾巴，母鳥則是灰咖啡色帶有斑點……啊呀！就和眼前所見到的「野雞」長得一樣啊！艾珍媽咪當下一著急可說錯話了，艾媽急切地說請賣給她去放生吧！因為這種是野鳥不可以吃的。結果那個小販竟然開價一千元，天哪！當時（一九八九年）一千元很大ㄟ！艾珍媽咪跟小販討價還價，好言勸說，就當作大家一起做好事護生吧……結果小販臉臭臭地說：「不行，要不然妳不要買。」艾珍媽咪情急之下只好硬著頭皮花一千元買下這隻「野雞」，接著詢問小販這隻「野雞」是在那兒捉的？以便帶去原地野放，沒想到這小販掉頭就走。傻眼的艾珍媽咪只好帶著「野雞」直接去找木柵動物園的朋友求助了。

當時動物園的動物組長告訴艾珍媽咪：「這是台灣帝雉的母鳥，牠們可是出雙入對的。雖然現在被拆散了，但是至少將母鳥放回大自然吧！」組長檢查了母鳥的身體狀況後，確定還很健康，就帶領大家一起將母鳥送到動物園最後方還沒有開發的山區去野放。這位學佛的動物組長親自為這隻母鳥持咒祈福後，放開手看著牠飛進了樹林。當然動物組長也沒忘記為大家上了一堂正確的「放生觀」，放生時包括當時氣候，生態地點及動物身體狀況等等都要觀察妥當，放生方法只要有一點差錯，就會導致被野放的野生動物存活率很低。但是有一些人為了「求功德」的需求，硬是訂購野生動物來辦放生的法會，此種放生多半是鳥類及水中動物，常常是高山鳥放在低海拔山區，或是南部捉北部放……沒有考慮地域生態，甚至將海洋動物放在河川，淡水魚放入海口，造成大量死亡。而且，捕捉後的群鳥或動物們雜處地關在狹窄的鐵籠內，不同生態的鳥兒或動物會互相傷害，運送過程因緊張而彼此踩踏，等到放生時又遠離了原生地域，不同生態環境致使存活率很低，如此的錯誤「放生」等於是「放死」。更有一些無法繼續飼養的台灣境外種動物被隨意野放，造成本島原生動物的生態浩劫。甚至還有不負責任的飼主把家中寵物（狗、貓、鳥及兔等等）棄養在外時，竟然說是去「放生」。這一切都是很扭曲的觀念啊！

當然動物組長也肯定了艾珍媽咪營救這隻台灣母帝雉的方法是正確的。但是，艾珍媽咪有了這次被當作「凱子」的經驗也長一點智慧了，後來遇到類似狀況就會冷靜地先觀察當時情況，再略施巧計來達到營救的目的。

當然現在台灣有了《動物保護法》，只要直接報警處理就好了。而且現在許多公家動物單位或是各地民間動物保護團體都有中途之家，曾將需要野放的各種動物身體照顧好，再找到最適當的生態環境去野放。

但是，當時動物組長的「放生等於放死」這句話一直在艾珍媽咪的腦海中縈繞，往後的兩年她開始收集動物放生的相關資料。

當時在台北市區最大供應動物「放生」的市場在西園橋下及關渡宮的門口，艾珍媽咪決定一個人帶著相機去觀察及偷偷拍照。在西園橋下有好幾家鳥園，多半在店門外面放了很多扁長方形的鐵籠子，裡面裝著很多不同種類的野鳥，有的用大帆布蓋著，無法從外面看到有什麼樣的鳥類被關著，那種狀況與松山區八德路的寵物鳥園很不一樣。當艾珍媽咪在西園橋下偷偷拍照時，被鳥園店家的人發現，店員很兇地出來制止且大罵，媽咪一個小女子只得嚇得快閃人啊！要是被打，那可就慘啦！

當時的關渡宮外有一條大圳，上面搭建了很多小吃攤，其中比較靠近關渡宮正門入口處，有一個大攤販，專門販賣各種活海魚，甚至還有大小不同的海龜。艾珍媽咪這次聰明了一點點，假裝是遊客，技巧地問老闆：「這些海魚及海龜是給人吃的嗎？」老闆倒是蠻直接地說：「除了吃，也可以買回去養，當然主要是買去放生啦！」當然艾珍媽咪也找機會偷偷地拍了照片。

接下來怎麼辦呢？當時也不知道可以怎麼做，詢問當記者的朋友是否可以做專題報導呢？答案卻是——這算什麼「鳥」新聞啊！面對著一疊冒著被追打的危險，所拍到的販賣放生動物的照片，無可奈何的艾珍媽咪只好等待機會啦！

等到第二年的暑假，在素食店看到了一張海報，重新燃起艾珍媽咪的希望。那是一九九二年全國供佛齋僧大會的海報，上面印著各大佛教寺廟的住持或法師的照片及道場地址。而那個時候的艾珍媽咪還沒正式接觸佛教，看到了這些法師的照片，其實一位也不認識，這下該怎麼辦呢？最後就決定挑選看起來比較年長的或是有聽過的法師吧！總共選了三十幾位法師，艾珍媽咪寄上了很恭敬的一封信及先前拍攝買賣放生的動物照片，請教為什麼佛教有這種放生法會？商家為了賺放生法會的錢，去大量捕捉動物，而在運送過程中已造成大量傷亡，最後放生時因為生態環境不對，又造成死亡，難道沒有更好的放生方法嗎？

艾珍媽咪很虔誠地用掛號信寄出，雖然不知道有沒有用，就當作是盡了一點心吧！

沒有想到幾天後有了第一封回信，而且是掛號的回信呢！艾珍媽咪好興奮地打開信件一看，居然是一封來自佛教僧伽協會秘書長聖靈寺今能長老親自用毛筆寫的回信。今能長老在信中慈悲地回答了艾珍媽咪所提的問題：「我亦如是見解，如是『放生』實是助長害生，造業，有違悲智之本，非我佛教之正法……放者，放卻人人本具之貪嗔癡、執著、我慢等等習氣……生者，生長善慧、善行、發菩提心也……」不可思議的是後來陸續接到來自全省好幾封法師的回信，大部分是掛號信，使得深坑的郵差還好奇地問艾珍媽咪是不是要辦什麼大法會啊！

每一封信都提到正信的佛教絕對不會為祈求功德而做動物放生的。信件包括中華佛光協會慈容法師在信中內容提到星雲大師的理念：「佛教徒應該由消極的放生走向積極的護生……」

松山寺靈根長老親筆開示：「目前一般佛教徒的『放生』方式是有改善的必要……」，並且將開示刊登於《獅子吼》雜誌。

禪定學會清海無上師信上開示：「大家不買就不會有人去捉，當然，遇到動物受傷，理所當然的應該照顧牠，等牠康復後，進而放生，這是身為萬物之靈的人類應該有的行為……不過，最好的放生，就是吃長齋……」

華梵佛學研究所曉雲大師的開示：「如法之放生確有解冤，解怨之功德。但切不可預購事先講明放生之用，隨緣購買市場準備宰殺之生物等，放生自有其功德。否則彼等謀利之徒事先設法捕捉給我們買，則放生反失其意義……」

台南千佛山菩提寺白雲老和尚創辦之《千佛山》雜誌中刊出艾珍媽咪這封信，並針對「放生」觀開示：「佛陀制戒，首在不殺。白雲老和尚曾說：『教界放生多不如法。放生，是以慈悲為懷；慈悲在於拔苦予樂。先殺後放？先放後殺？慈悲何在！』」

高雄文殊講堂法觀師父亦開示：「學佛的智慧與覺悟，因為瞭解生命現象，能過著真正明白踏實的生活，也真正能夠對自他生命付出最大的關懷。放生，原本是以『戒殺食肉』為先……而現今種種變相，有智之佛子，我想他會選擇真正合理而有實在利益，行放生之事……

南投靈巖山妙蓮長老慈示：「勸勉一人吃素，既能放百千萬條生命，這才是真正的放生。佛家講慈悲，一行菩薩道仁者，首不能惱害眾生。所以，佛戒首條『不殺』。手不殺人，我們能做到；但口能否不殺？很難！未吃素，貪口腹之慾，殺取眾生命，煎煮炒炸，食其肉。更且活吞鮮食，將動物屍埋葬入腹。此殺，何其殘忍啊……大家吃素，自然就不危害生靈了。靈巖山長年推廣慈悲健康素，並呼籲以素食護生，勿濫放生……」

雖然，當年無任何管道可以與大家分享這些珍貴的開示，但是從此開啟了艾珍媽咪學習佛法的大門，也更堅定了護生吃素的心願。當然這些信件艾珍媽咪到現在都還珍惜地留著。

凝聚眾人愛心拯救的幸運兒

——馬來熊小乖

這張照片是在一九八七年拍的，照片中的小熊是約三個月大的馬來熊，那是艾珍媽咪住家附近深坑國中的鄰居所飼養的，小馬來熊就這樣被關在籠子裡餵養，等待長大之後，賣給店家取熊掌、熊膽，換取高額的利益。

或許是因為原本就以商業利益為考量，也或許是沒有飼養經驗，飼主每天只餵小馬來熊一點青菜及一些摻了糖的稀飯，小熊根本就無法吃飽！在同齡的小熊都還賴在熊媽媽身邊吸奶水的時候，這隻小熊不但離開了媽媽，還只能待在冰冷的鐵籠中勉強吃

些不適合牠又填不飽肚子的食物！

由於鄰近深坑國中，每天都有不少學校的老師和學生來往經過，餓著肚子的小馬來熊常常發出慘叫聲，許多經過門口的師生們聽到，了解事情的原委之後，都忍不住鼻酸，起了惻隱之心。

深坑國中發動全校募款

那時《野生動物保育法》尚未立法實施，一般人也缺乏動物保育觀念，由於無法可管，野生動物恣意買賣的情形隨處可見，小馬來熊就因為自己擁有被老饕視為珍饈的熊掌，以及中醫眼中具消炎、解熱、清毒等功效的熊膽，而不幸淪為階下囚。

小馬來熊睜著單純無辜的眼睛，乖乖待在鐵籠中，渾然不知自己長大後將步上悲慘的命運。

於心不忍的老師及同學找學校志工艾珍媽咪商討如何救救這隻小馬來熊，艾珍媽咪問飼主願意以多少價格割愛？剛開始飼主說飼養八個月後賣到華西街中藥商家最少可賺十萬以上，所以開了一個龐大的數字，經過艾珍媽咪一番「上天有好生德，好心有好報……」的耐心勸說之後，飼主終於願意以購買時的原價加上飼養費用共兩萬多元成交。

對於當時養了一堆流浪狗、經濟已陷入困境的艾珍媽咪來說，兩萬多元也是一個自己無法獨立負擔的數字，該怎麼辦呢？她無法立即籌出這筆錢來，但又怕時間拖久了，飼主改變心意，小馬來熊終究還是逃脫不了被宰殺的命運。

於是，她想到利用募款的方式來籌錢。她首先到鄰近的深坑國中去，希望校方能夠幫忙拯救小馬來熊；由於校內許多師生都相當同情這可憐的小東西，校方也毫不猶豫地答應發動全校募款，還安排艾珍媽咪在學校朝會上說明原由，請同學發揮愛心踴躍捐款。

學生們都相當有愛心，一起支持營救小熊行動，很多同學都拿出自己存錢的小豬撲滿，有的還犧牲幾天的午餐或點心費來幫忙小馬來熊，同學們還幫牠取了一個名字叫「小乖」。募款期間很多同學會帶番薯或吐司麵包等食物來探望小乖，也給小乖加油，這些愛心也打動了飼主，自動減掉零頭，只收兩萬元的購買本錢。雖然鄉間學校學生人口不多，家中多半務農，經濟狀況大都很吃緊，但是一星期後全校師生總共募到了五、六千元。儘管愛心踴躍，但離需要的金額還差一大截。

媒體引發社會各界愛心

艾珍媽咪再度想辦法，她決定藉助媒體的力量，拜託聯合報幫忙刊登這張照片及募款訊息，請社會大眾慷慨解囊，救救這隻可憐的小馬來熊，這也是台灣媒體首度為呼籲社會大眾拯救動物而做的報導；訊息在媒體曝光之後，引起了廣大的矚目與迴響，各界的愛心捐款像潮水般湧入，居然總共募得二十多萬元。

社會上還是有許多滿懷慈悲的善心人士啊！艾珍媽咪好感動，立即安排安置小乖的後續動作。小乖是無法野放的，一來牠不屬於台灣本土山林，二來如果隨意將牠野放，已經習慣被人類餵養且年紀又小的小乖必定無法生存，可能也會再度被獵捕，成為籠中禁臠，當時台灣沒有野生動物中途之家收容，那麼，唯一最適合牠的地方莫過於動物園了，這是唯一的希望。

那時台北市立動物園才剛搬遷至木柵新園區，園內空間寬廣，收容一隻小馬來熊應該不成問題。艾珍媽咪馬上與動物園聯繫，希望園方能夠收留小乖，全校師生也將來自各界用來拯救小乖的愛心捐款餘額，一併交付動物園做為動物保育基金，台北市立動物園欣然答應了，小乖終於找到一個可以安心居住的新家，徹底脫離待宰的命運。

艾珍媽咪和深坑國中的學生代表親自送小乖進入台北市立動物園的新家，完成了全台灣第一起由學生及社會愛心人士集體募捐拯救一隻待宰小馬來熊的美事，這個凝聚全台灣愛心力量的善舉，迄今仍令人津津樂道。

台北市立動物園安度餘生

當時動物園有很多地方在建設，尚未細分各主題園區，所有熊類皆飼養在園區最後方的暫時空間。雖是暫時區域，但很寬敞，每種熊類比鄰而居。

小乖就在動物園中快樂地成長，調皮、活潑又可愛，管理員都很疼愛牠，但是也很頭痛，每次艾珍媽咪到動物園去探視牠的時候，動物園的管理員都很擔心地對她說：「譚小姐，你們家那個小乖真的很恐怖哪！牠動不動就爬上圍牆，跑到隔壁北極熊的獸欄上面去看，真怕牠掉下去，這樣北極熊可能會把牠吃掉耶！」

因為馬來熊的習性是會好奇地爬上爬下，艾珍媽咪當場看到調皮的小乖居然又趁機跑到隔壁去串門子啦！媽咪嚇得一身冷汗，著急地問：「那該怎麼辦？」管理員聳聳肩膀無奈地說：「沒辦法啊，只能等過一陣子，兩處的地方都整理好了，才能把牠們徹底分開。不然為了牠的安全，也只能在管理員忙碌時，暫時關在籠子裡吧。」幸好，在馬來熊與北極熊展示處分開之前，小乖都沒有成為北極熊的大餐。後來動物園區分類好，小乖也就在動物園亞洲區裡快樂的生活了。

【動物小百科】馬來熊（Malayan Sun Bear）

◎原產地：緬甸、馬來半島、蘇門達臘及婆羅洲等地。

◎體態：頭至尾長一一〇至一四〇公分，頭大、耳小，體色呈深棕色或黑色，胸前有馬蹄形的白斑，毛短具光澤，四肢向內彎，內側及腳底無毛。

◎特點：是體型最小的熊，也是瀕臨絕種的保育類野生動物，爬樹的動作十分靈活迅速，嗜食蜂蜜，會用特有的長舌或兩手輪流伸入蜂巢中舔食。

（圖片／colem, wikipedia）

溫暖而憂鬱的黑人媽媽

——金剛猩猩Grace

在電影《金剛》（King Kong）裡，愛上金髮美女的金剛猩猩，威武的體態與豐富的情感，撼動了全球影迷。艾珍媽咪自己也擁有一段與金剛猩猩單獨相處的特殊經驗，雖然不是美女與野獸的際遇，但對於金剛猩猩所流露出的豐富情感，迄今仍令她印象深刻。

首度近距離接觸金剛猩猩

以前華視曾經播出過一部經典的電視節目叫《頑皮家族》，主要透過影片介紹分布在世界各地的動物之外表特徵、習性等等，節目內容精采多元，如同一部活潑的動物百科全書，在當時頗受歡迎，前後總共播出了將近四百集。

由於艾珍媽咪喜愛動物、了解動物已是眾所皆知的事，《頑皮家族》節目製作單位當然不會錯過她，因此，有時會發通告請艾珍媽咪幫忙去做各種動物的專訪，有一回，製作單位委託她採訪的對象正是隻金剛猩猩。

艾珍媽咪隨同攝影組來到新竹某知名猴園，園內有一隻獨自被關在展示舍房中生活的金剛猩猩，這隻名叫「Grace」的母金剛猩猩年紀已經很大了，大約二十多歲，懂得自己鋪床睡覺，彷彿是位被遺忘的獨居老人。

原本艾珍媽咪和攝影組一起進到Grace居住的舍房內，雖然飼養員表示牠的個性相當溫和，但畢竟是初次近距離接觸金剛猩猩，面對體重幾乎等同是成年男人三倍重的巨獸，大夥兒都格外顯得小心翼翼。

剛開始一切都進行得很順利，大家進入舍房後，Grace也很乖巧的配合。沒想到，一位在籠外觀看金剛猩猩及節目錄影的遊客突然拿起相機拍照，閃光燈「啪！」一閃，驚嚇到了Grace！

Grace立即抓狂了，憤怒地朝向鄰近光源的攝影師那邊奔去，並且「乓！」一拳打下去！幸好那位攝影師的反應也很快，立即把大腿一縮，避開重要部位，艾珍媽咪心中不禁暗自替那位攝影大哥慶幸：「哇！幸好他反應夠快，要不然，差一點命根子就沒有了！」

攝影師嚇得馬上終止錄影工作，迅速衝到外面，打著哆嗦對艾珍媽咪說：「那……那個小艾姊，可……可不可以請……請妳自己進去，我們待在外面拍就好了！拜……拜……拜託啦！」更可怕的是不可以拍到飼養員，所以艾珍媽咪要自己去與金剛猩猩互動……啊哩～～「什麼？居然要我自己一個人進去採訪？」艾珍媽咪望著塊頭龐大又憤怒抓狂的金剛猩猩，不免也感到一陣恐懼：「哎，怎麼辦呢？看起來真的好可怕喔！可是，我一定得進去和牠互動，不然這集節目就沒辦法做了……算了！只能硬著頭皮自己進去啦！」

以真心嘗試建立友誼的橋樑

待飼養員將Grace的情緒安撫下來之後，敬業的艾珍媽咪再度鼓起勇氣進入獸欄。她突然想起一部由真人真事改編、雪歌妮薇佛主演的電影《迷霧森林十八年》（1988 Gorillas In The Mist）情節，劇中女

主角黛安佛塞踏入非洲蠻荒的原始地帶，逐漸與瀕臨絕跡的大猩猩建立起感情，證明人與動物之間還是能真心交流的。

於是，艾珍媽咪按捺住噗通亂跳的心，嘗試著蹲下身子放低姿態，輕聲細語地對Grace說：「Grace，不要害怕，我口袋裡有吃的東西，你要不要嚐嚐看？」或許Grace感受到了艾珍媽咪的善意，牠走向艾珍媽咪，拿了她口袋中的花生吃，又喝了一杯牠最愛的牛奶，然後彼此開始有了良性的互動。

雖然是兩個不同的物種，艾珍媽

咪和Grace仍然可以和睦相處、順暢溝通，他們坐在那兒一起聊天、吃花生，當艾珍媽咪說話時，Grace就安靜地坐在那裡仔細聆聽，有時還會伸出大大的手輕輕撫摸艾珍媽咪的臉頰，如同慈母愛撫著心愛的寶貝。

艾珍媽咪端詳著和善的Grace，深深的雙眼皮、長長的睫毛，加上全身黝黑的皮膚和毛髮，就像是一位令人感覺溫暖的黑人媽媽。艾珍媽咪知道金剛猩猩是群居動物，家族觀念深厚，她由Grace下垂的乳房和肚子判斷，Grace是曾經生育過孩子的，然而，如今牠的孩子在哪裡呢？

在Grace淺咖啡色的眼眸中，艾珍媽咪感覺到除了溫柔的母愛，還有著無止盡的憂鬱，而那抹憂鬱應該就是對現今不知流落何方的孩子的無窮思念。

凝眸深處的憂鬱像突如其來的洪流般衝擊著艾珍媽咪，她的心底驀然湧現一股悲傷的情緒，不禁難過了起來——Grace根本不是屬於這裡的！如果不是自私的人類將牠買賣或交換過來，囚禁在狹隘的牢籠中，或許牠現在正和自己的家人、孩子，快樂地生活在寬廣的非洲雨林中，而不是在這方寸之地，獨自品嚐家庭破碎的痛苦與憂傷。

難忘黑人媽媽的憂鬱眼神

「如果我願意長期留在那裡陪牠，一輩子當牠的好朋友，牠一定會很開心吧？」從Grace把她當小孩子般不斷撫摸的舉動，艾珍媽咪心想：「雖然和牠素昧平生，但我確實能感受到Grace的孤獨與寂寞。」

當然，艾珍媽咪不可能永遠在那裡陪伴著Grace，在錄影訪談的任務順利完成之後，她也就告別了Grace。事後，艾珍媽咪勇敢的表現贏得工作人員的一致讚賞，節目主持人張小燕還笑稱她在這集是「搏命演出」呢！

還好幾年後非洲金剛猩猩列入第一類保育動物，不得捕捉販賣，原本存在全世界動物園內的金剛也不得買賣，只能做動物交換，因為嚴格執法保育，目前非洲高地或低地金剛猩猩已從瀕臨絕種到逐漸復育。

只是，事隔多年，艾珍媽咪仍然無法忘懷Grace那憂鬱的眼神，其實直到現在，艾珍媽咪想到Grace還會心疼地流淚，她衷心地期盼有一天，人類真的能夠懂得尊重生命、關懷大自然，不再僅是為了滿足自己的私慾而讓野生動物們莫名遭受家庭破碎的滋味！

【動物小百科】金剛猩猩（Gorilla）

◎原產地：赤道非洲的熱帶雨林地區，包括喀麥隆、加彭、剛果、薩伊、烏干達、盧安達、坦尚尼亞等國。

◎體態：身軀強壯、頭型稍大，身高約一點二五至一點七五公尺，體重約七十至三百公斤。站立時膝蓋微曲，口鼻部較短，前肢下臂比上臂短，手掌大，無尾，毛色為灰色到墨黑色，雄性背上為銀白色。

◎特點：是瀕臨絕種的保育類野生動物，活動以地面為主。金剛猩猩是群居的動物，由成年的銀背雄金剛猩猩擔任領導者，一群可多達三十餘隻。

笑料百出的開心果

——超大的迷你豬菲力

帥哥豬菲力的飼養過程可以說是充滿笑料，這頭出生半個月的「迷你豬」剛來的時候的確很迷你，大概只有一般孩子存錢的小豬撲滿那麼大，花斑還是時下最流行的麝香豬，模樣相當可愛。可是，待牠成年以後，體型卻長得比一隻聖伯納犬還要壯碩啦！

所謂「迷你豬」是自蘭嶼引進的小耳種豬所改良的，雖然號稱「迷你」，但不過是比一般肉用洋豬略小的小型豬而已。只是早期人們習慣把小型豬都叫作「迷你豬」，使得許多民眾誤以為成豬的體型亦如一般小型寵物般迷你，可以攜抱玩賞，因而成為受歡迎的家庭寵物。殊不知迷你豬長大之後，體重大都逾六十公斤，若加上飼主餵養沒有節制，將會產生體重高達上百公斤的龐然大物，衍生了許多飼養上的問題！

認定自己是狗的小豬仔

小菲力一來到艾珍媽咪家裡就認定了一隻漂亮的哈士奇母狗，大家都喚這隻狗美女叫「Queen」，菲力最愛跟著Queen到處跑，充滿母愛的Queen對這隻跟前跟後的可愛小豬仔也不排斥，每到晚上睡覺的時候，菲力都緊緊依偎著Queen而眠，似乎把Queen當作媽媽了。

小時候的菲力睡覺時除了愛粘著Queen，還喜歡趴在艾珍媽咪的脖子上睡，艾珍媽咪笑著說：「菲力這個癖好還真是奇怪，如果我將牠移位到肚子或其他地方睡，牠就會『咯咯咯』的死命掙扎，非得卡在脖子那邊才安心呢！」不過，這種癖好常害得艾珍媽咪差一點窒息。

菲力豬很愛撒嬌，最喜歡「玩親親」，只要艾珍媽咪一坐下來歇息，牠就會立即跑過來親艾珍媽咪的臉。請猜猜豬的鼻子是乾的還是濕的？是「乾」的ㄟ，而且又滑又嫩喔！牠不只愛親媽咪，狗兒也是牠玩親親的對象，不論是公狗還是母狗，菲力沒事看到狗兒就會熱情的把嘴湊上去；不過，可別以為菲力跟狗兒玩親親的對象不分性別、來者不拒喔，艾珍媽咪發現牠可是有選擇的呢！菲力只喜歡長得漂亮的狗兒，對一些長相抱歉的流浪犬完全不屑一顧，正眼都不瞧一眼！

由於成天跟狗兒混在一起，菲力基本上認定自己跟狗是同類的，壓根兒忘了自己是頭小豬。有一次，《頑皮家族》節目將南部借來的黑色迷你豬暫時寄養在艾珍媽咪家，艾珍媽咪心想：「哇！真是太好了，終於可以讓菲力豬見識一下同類的模樣，這下菲力豬也有伴啦！」她把小豬帶到菲力面前，對牠說：「菲力，你看，有和你一樣的同伴來了呢！」沒想到，菲力一看到對方，居然嚇得慘叫、倒退，接著轉頭就跑，留下一頭霧水的艾珍媽咪與小豬愣坐在原地。

成長迅速的龐然大物

除了「玩親親」，菲力從小就喜歡「摸摸小臉」，每次艾珍媽咪和歐陽爸比一對牠說：「來，菲力，摸摸小臉。」牠就會「咿咿喔喔」的走過來，開

心地讓主人摸摸臉蛋、摸摸鼻子、摸摸眼睛，一副十足享受、通體舒暢的樣子。

而菲力最討厭的事情莫過於洗澡了，不知道為什麼，牠對於洗澡有著極端的恐懼，每回艾珍媽咪在院子裡幫牠洗澡時，整條巷子的人都聽得到菲力豬淒厲的慘叫聲，有的鄰居還誤以為艾珍媽咪正在殺豬呢！

不過，可不要以為不喜歡洗澡的菲力一定相當不愛乾淨，渾身又髒又臭，事實不然，菲力是很愛乾淨的，在艾珍媽咪特別為牠準備的小房間裡，菲力可是保持得相當乾淨，若牠要大小便，一定會跑到院子裡的隱密牆角解決，絕不會在房間裡隨地大小便，除非真的憋不住了，才會整個身體貼著牆壁，在房間最角落的地方稍微解放一下，其他地方一定維持得乾乾淨淨。

所以，每逢有人把豬貼上髒亂的標籤，用「豬窩」形容髒亂不堪的時候，艾珍媽咪就馬上為「豬」大喊「冤枉啊～」，因為她從菲力的例子明白，豬其實是最愛乾淨的動物，如果豬窩又髒又亂，一定是懶惰的主人沒有好好幫牠打掃乾淨而已。

艾珍媽咪曾經帶著可愛又不怕生的菲力到電視台參加《頑皮家族》節目錄影，讓牠在攝影棚、化妝間隨意亂走。藝人「歪妹」張永正特別受到菲力青睞，菲力每次一看到「歪妹」，就喜歡跟著他到處走，當「歪妹」在化妝時，牠就乖乖坐在旁邊看著他，弄得「歪妹」無奈地對菲力豬說：「你是不是覺得我跟你長得很像，所以才特別喜歡我啊？」

菲力越長越大，後期當艾珍媽咪帶著菲力出現在《頑皮家族》錄影現場時，從小看著菲力長大的張小燕一看到牠，總會吃驚地說：「哎呀，菲

力，你又長大了，你不是『迷你豬』嗎？怎麼變成這麼大個兒呀？」艾珍媽咪也藉機勸告所有想養迷你豬的朋友要三思而行，千萬別因一時好奇而後悔莫及！

【艾珍媽咪的小叮嚀】

「迷你豬」雖然號稱迷你，但長大後卻成為體重至少有四、五十公斤的大型寵物，體積龐大的迷你豬還很會搞破壞，有時甚至一不小心就會傷到主人。在品種改良培育技術日益進步下，現在的迷你豬雖然更迷你了，但也差不多還有中型犬般大小，仍與幼豬時嬌小可愛的模樣相差甚遠。所以，千萬不要被可愛的迷你幼豬吸引，又相信賣方說迷你豬長不大的行銷術語，若真想要買回家飼養，最好先衡量一下自己有沒有辦法面對牠會長大，而且還可能會長很大的事實哪！

發情大豬哥惹惱母狗

長大後的菲力，體型雖然變得碩大無比，但個性仍然與小時候沒兩樣，非常喜歡撒嬌，特別在生病的時候，牠更會跟艾珍媽咪撒嬌，「嗯嗯啊啊」地賴在媽咪身上，說什麼都不肯讓艾珍媽咪離開，非把牠的大豬頭枕在艾珍媽咪的大腿上睡覺不可。

「你知道嗎？被一個大豬頭枕著大腿睡覺，我的一雙腿幾乎都快要麻掉啦！可是沒辦法，只要我稍微一移動，牠就會『咿咿喔喔』的喊著，我只好動也不動地乖乖坐在牠的豬窩裡一個多小時。」艾珍媽咪表示：「雖然被牠碩大的豬頭枕著睡覺真的很辛苦，不過，常常菲力躺在我身上熟睡了一個多小時後，身體也就康復了，所以我的辛苦也算值得啦！」

菲力豬長大不僅體型變大，雄性特徵也越來越明顯，開始進入發情期；公豬發情時身上會散發一股麝香味，嘴角還會流出白白的「豬哥涎」，菲力開始會對著漂亮的母狗拼命流「豬哥涎」，口水滴滴答答地流到地面上，呈現一副名符其實的「豬哥樣」！

菲力仍然最愛漂亮的哈士奇犬Queen，小時候粘著牠，長大後依然如此，經常對著牠「垂涎三尺」。Queen或許沒想到這隻從小就愛跟著牠、像自己親生兒子一樣的小豬仔，長大之後居然會對牠有非分之想，看到菲力天天對著牠「喳喳喳喳」的流口水，氣得渾身直發抖。

有一天，菲力又對著Queen直流口水，Queen一氣之下，對準牠的豬鼻子狠狠咬了一口，痛得菲力哀哀豬叫。

但菲力事後並未得到教訓，還是相當鍾愛Queen，照常跟前跟後，對著牠流口水，「喳喳喳喳」大獻殷勤，真是令人又生氣又好笑。

如同兩把刀的可怕獠牙

菲力不僅噸位增加，嘴邊還長出了一對山豬才有的小獠牙，這真是件很可怕的事！掛在嘴邊長長的獠牙如同兩把銳利的刀，一不小心，兩把刀就會割破對方的皮肉，家中好幾隻牠喜歡親近的狗都難以倖免，艾珍媽咪更是經常掛彩，可是愛撒嬌的菲力仍然故我，使得艾珍媽咪每每看到牠衝過來想撒嬌，只得嚇得拔腿「逃命」去！

後來，艾珍媽咪沒法子只得商請動物園裡的獸醫前來幫忙鋸掉菲力的一對獠牙，獸醫先用吹箭向菲力注射麻醉針，射了七、八隻吹箭之後，菲力豬的背上像刺蝟般插滿麻醉針，大夥兒就在一旁等著麻醉劑效力發作，讓菲力倒下。

但很奇怪，不一會兒，倒下的是麻醉針，而菲力仍然直挺挺地站在原地，一點事兒也沒有，麻醉劑完全沒有發生效用！哇！菲力居然已經練就了金剛不壞之身哪！

歐陽爸比看到這樣的情形，就對獸醫說：「沒關係，我自己來幫牠打針好了。」他走向菲力，溫柔地對牠說：「菲力，來，爸爸摸摸小臉。」菲力乖順地把大豬頭貼向歐陽爸比，歐陽爸比就順勢撫摸牠的臉頰、鼻子、眼睛……歐陽爸比知道菲力豬耳朵後面部位的皮膚最柔軟，等他摸到菲力的耳朵時，就趁機將麻醉劑一針打下去，沒過幾秒鐘，麻藥發作了，大豬仔菲力終於倒下去啦！獸醫這才順利將獠牙處理掉。

獸醫替菲力豬鋸下來的一對獠牙，艾珍媽咪就像寶貝一樣保存著，準備日後將它做成項鍊，成為永恆的紀念。

移居動物園混吃終老

鋸豬牙之事隔了一年多以後，歐陽爸比不幸往生，必須從鄉間搬回市區居住的艾珍媽咪也無法再飼養菲力了，因此協議將牠送到台北市立動物園。

其實台北市立動物園並非任何動物都願意收留，之所以願意收容菲力，主要是因為前次麻煩動物園獸醫來處理菲力豬的獠牙時，意外發現牠背上的皮膚居然硬得像犀牛盔甲一樣，連吹箭都無法射穿。因為動物園的主要功能是教育、復育及研究，園方想了解這隻超大迷你麝香豬和其他迷你豬為何不一樣，不但嘴邊有獠牙、背上長鬃毛，皮膚還會如此堅硬？想研究牠到底是用何種品種來培育的？

然而，單憑艾珍媽咪一個人當然無法將菲力大豬送到動物園的新家，況且這回又沒有歐陽爸比幫忙。於是，好心的動物園知道艾珍媽咪正在台北處理爸比的後事，就由熟識的陳翠霞阿姨帶一組人馬親自來接菲力，為了預防突發狀況，小組人員每個人都全副武裝，分別帶著吹箭、麻醉針和網子，大陣仗的要來家裡將菲力豬接走。

當動物園人員抵達之後，首先把貨車後面的板子斜放下來，好方便等會兒將菲力運送上車。而翠霞阿姨先拿著菲力最喜歡吃的空心菜來到豬窩誘捕牠，但是菲力竟然躺在地上望著陌生人，一副愛理不理的樣子，翠霞阿姨就對牠說：「菲力啊，你媽媽不能再照顧你囉，現在你要跟著我們到動物園去，以後在動物園裡生活，看看你能不能乖乖地上車，不要讓媽媽擔心啊！」沒想到，翠霞阿姨剛說完，原本不動如山的菲力竟然就立刻站起來，走出房間，牠看了旁邊一堆拿著網子準備捕捉牠的人員一眼，就自己慢慢地走上斜板，進入車廂躺下來了。大家興奮地關上車門，直誇菲力豬真是有靈性。

天啊！居然這樣不費吹灰之力，就將菲力寶貝移駕到動物園了，聽到翠霞阿姨的訴說，艾珍媽咪的心情真是悲喜交加，雖然對懂事的菲力離開自己感到依依不捨，但是也為牠能到動物園展開新的生活而充滿感恩。

菲力之後就在動物園裡「混」了十多年，園中一位員工把牠當乾兒子看，每天下班前一定去看看牠，牠也陪伴了許多來動物園遊玩的小朋友，真的很幸福，每天吃飽睡，睡飽吃，逐漸變得又老又胖，胖到最後連站都站不起來啦！

每次艾珍媽咪到動物園去看菲力寶貝時，對著菲力叫：「菲力，摸摸小臉！」牠還是會「咿咿喔喔」的移動笨重的身體，努力將牠的大豬頭朝艾珍媽咪湊過來享受母愛的滋味，在艾珍媽咪心底，大菲力永遠是那隻充滿笑料的可愛小豬仔！

【動物小百科】蘭嶼小耳豬（Lanyu Miniature Pig）

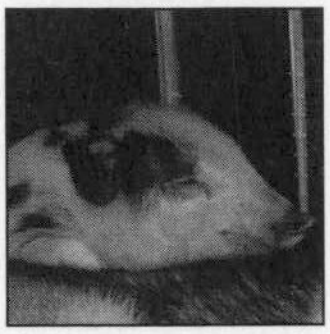

◎原產地：蘭嶼外島。

◎體態：蘭嶼小耳豬的成豬體重只有一般豬的五分之一，全身體長約八十至九十公分，特徵是耳小豎立、體型較小、四肢細短、毛質短而黑、鼻吻略為尖長。

◎特點：中文別名為蘭嶼豬或迷你豬，是全世界體型最小的豬，經過品種改良而成為寵物市場上常見的迷你豬，目前品種有小山豬、黃金豬、麝香豬、粉紅豬等。飼養迷你豬應該控制其食量、多運動，以維持體重，如果讓小豬隨便亂吃，那體重會跟吹氣球一樣快速成長。

住在鐵皮屋的日子

——六十多隻流浪犬的飼養經

許多人都知道，艾珍媽咪曾經飼養過大批流浪犬，數量一度高達六十多隻！當艾珍媽咪和歐陽爸比還住在台北市區時，就已經收容了八、九隻狗兒，為了讓狗兒們擁有較大的活動空間，他們從台北市區搬到了深坑郊區，後來收容流浪犬的數量又陸續增加，於是他們再度搬到了石碇，在石碇山區租了一間屋外有大片空地的鐵皮屋，方才足夠作為狗兒們的棲身之所。十年之中搬了四次家，越搬越鄉下，也越搬狗兒越多，這應該是注定的緣分與功課吧。

討人喜歡的薩摩耶犬Billy

歐陽爸比在愛犬Micheal往生之後，心頭一直布滿陰霾，時常悶悶不樂。有一天早晨，歐陽爸比起床後，突然福至心靈地想開車往另一條陌生的道路上去逛逛，他沿著蜿蜒的山路緩慢行駛，忽然看見路邊站著一隻灰白色的大狗，當歐陽爸比習慣性的停車觀看時，這隻大狗竟然站起身子用雙手抱住歐陽爸比的脖子，爸比嚇一大跳，還沒看清楚怎麼回事時，這隻大狗已用牠的大舌頭舔得爸比滿臉口水，爸比這時心頭一陣暖意，因為自從Micheal走後，爸比就再也沒有享受過被口水洗臉的快樂，接著這隻大狗做了更過份的事……直接從全開的車窗爬進車內，請問這種不請自來的狀況誰能拒絕啊？於是歐陽爸比就將牠帶回家了。

對於歐陽爸比出一趟門就帶一、兩隻動物回來的狀況，艾珍媽咪的反應都是：生氣——臭臉——最後是……好可憐哦！當然對於這隻大白狗一樣如此，只是過程短一點，因為歐陽爸比露出好久沒看過的笑容，於是媽咪馬上接手檢查這隻大白的身體。牠打結的毛團底下全身長滿了皮膚病，從眼睛、皮膚觀察，牠的肝功能應該非常衰弱，可能就是因為身體狀況不佳而被原飼主狠心遺棄吧！遇到就是緣份，怎能不救呢？從此取名「Billy」的大白狗就是家中重要的成員。歐陽爸比對巧遇被遺棄的Billy非常珍愛，不但投入相當心力照料牠，更耗費重金將牠的疾病醫治

好，而康復後的Billy和歐陽爸比的相處也十分融洽，牠甚至也會像Micheal衝進草叢中撿拾小動物呢！

台灣少見的犬種

透過獸醫師觀察，也從日本找到資訊發現Billy是台灣少見的薩摩耶犬（Samoyed）。薩摩耶犬是狐狸犬家族的一員，原是西伯利亞的原住民薩摩耶族培育出的犬種，個性溫和，體格強壯，富忍耐力，主要用來拉雪橇跟看守馴鹿，喜歡親近人，看起來好像永遠笑臉迎人的樣子，深獲許多飼主的疼愛。至於如此少有的犬種為何會被遺棄？除了皮膚病之外，牠的叫聲應該也是原因之一吧，因為牠們是比較接近狼的生態，叫聲不大像狗，而有一點像狼嚎。

對動物充滿愛的這家人對這種叫聲不但不討厭，反而覺得很「酷」。

或許是移情作用，繼Micheal之後，Billy成為歐陽爸比的最愛，也逐漸撫平了歐陽爸比失去Micheal的悲傷與思念。

後來，歐陽爸比和艾珍媽咪也為牠尋覓適合的對象，讓牠可以組織屬於自己的幸福家庭。由於薩摩犬原產地是在北方國家，根據請教一位日本友人養狗專家的結果，知道薩摩耶犬和同屬於雪橇犬的哈士奇犬，在血統上是可以「通婚」的，因此，他們特別為Billy遠從日本北海道迎娶了一位美麗的太太——哈士奇犬（Siberian Husky）Queen。

Queen十分漂亮，連日後艾珍媽咪所飼養的迷你豬菲力都成天對著牠流口水！Billy和Queen生了四隻

可愛的小狗，四隻小寶貝活潑可愛又調皮好動，艾珍媽咪有時候直呼牠們為「四隻可愛的小惡魔」！

小惡魔們逐漸長大，牠們的爸爸Billy卻日益衰老，原本肝功能就不佳的Billy迸發猛爆性肝炎，沒多久就魂歸西天了。再度面臨喪失愛犬傷痛的歐陽爸比，這次也將Billy的遺體和Micheal一樣化為骨灰，一起擺在他的床頭。

而在歐陽爸比往生之後，艾珍媽咪亦依照他生前的遺願，將Billy、Micheal與他的骨灰一同葬於大海，讓兩隻愛犬能夠與歐陽爸比永遠相伴。

每隻狗都有自己的名字和故事

雖然艾珍媽咪和歐陽爸比收容的流浪犬數目高達六十多隻，但他們將

每隻狗都取了屬於自己的名字，因為在他們心中，每隻狗都是獨一無二的寶貝，談起牠們的種種，艾珍媽咪如數家珍。

「咖啡」是還住在台北市光復南路時撿到的流浪犬，高胖的歐陽爸比在巷口一部轎車底下發現這隻發著抖的咖啡斑塊小傢伙，無法抓到牠，又擔心轎車開走時會壓到牠，趕快叫瘦小的艾珍媽咪爬到車子底下把牠給抓出來。只在家中住了兩個星期牠就很幸運地找到了一位住在政治大學附近的收養者，歐陽爸比專程開車將牠送到未來的家。不料才剛送過去第二天，牠就上演「落跑記」，新主人全家急得到處尋找，沒想到兩天一夜後居然回來了，令人猜不透的是只有七個月大的咖啡是怎麼從木柵走回光復南路的。

艾珍媽咪心想，或許嗅覺靈敏的狗兒記得歐陽爸比車子輪胎的味道，才會嗅著味道一路走回家，於是，她就打電話請收養者自己開車來帶走咖啡。目送著咖啡離去，艾珍媽咪笑著對歐陽爸比說：「如果這次對方自己來帶，牠又有本事自己走回來，你就準備養牠一輩子吧！」沒想到，當收養者一路載著咖啡到家，才剛放開繩子，咖啡就趁隙一溜煙地跑掉了，而這次牠只花了半天的時間就回到家了！

當艾珍媽咪一開門看到咖啡坐在門外搖著尾巴時，除了訝異，她也就立即轉身對歐陽爸比說：「ㄟ，那個……要養一輩子的回來了！」從此，咖啡也就住在家裡直至終老了。

還有一隻名叫毛毛的長毛狗，罹患白內障而完全喪失視力，走路就像顆小鋼珠一般，老是不停地撞來撞去。艾珍媽咪記得初次遇見毛毛是在車潮川流不息的街頭，看見毛毛無助地坐在路旁，奇怪的是只要有女生經過牠就會跟著走一小段，發現人不對牠又回到原點，艾珍媽咪觀察一陣子之後俯身問牠：「你是不是在路邊等主人回來呀？」但毛毛沒有任何回應，只是漠然地直視前方，尚有要事待辦的艾珍媽咪也就先行離開了。

隔了兩個多小時，艾珍媽咪辦完事路過原地，發現毛毛竟然還呆坐在那裡，於是就在毛毛旁邊蹲坐下來；毛毛這回主動將身體靠了過去，艾珍媽咪就輕聲地對毛毛說：「如果你願意跟我回家，現在就跟著我走吧！」聽了艾珍媽咪的話，毛毛居然就立即站了起來，踉蹌地一路跟著艾珍媽咪回家了。

到家之後，艾珍媽咪立刻為毛毛做簡單的身體檢查，這才發現牠的眼睛幾近全盲，或許這就是毛毛被原飼主狠心丟棄的原因吧？除了視力障礙，毛毛的聽覺也不靈敏，但牠的身體狀況還稱得上硬朗，胃口也相當不錯，此後就在艾珍媽咪家共同生活了將近十年，成為流浪狗群中的「長老」。

艾珍媽咪原本擔心又瞎、又老的毛毛會被其他狗兒們欺負，但奇怪的是，狗兒們對毛毛的態度卻十分尊敬。當一群狗兒聚集在一起時，只要毛毛一出現，牠們都會自動讓開，全都不敢阻礙毛毛的行徑路線；偶爾有一、兩隻狗兒來不及閃躲，不小心碰著了毛毛，毛毛還會停下來，對著牠們汪汪吠叫訓斥，而那些狗兒們竟也噤聲乖乖聽訓，這樣懂得「敬老」的態度讓艾珍媽咪嘖嘖稱奇，也恍然體悟原來狗兒之間還是存在著輩分倫理的尊重。

狗群中還有活潑可愛的四兄妹，分別喚作比比、寶寶、毛頭、妹妹，牠們是薩摩耶犬Billy和哈士奇犬Queen的愛情結晶。

有一次，不知怎麼搞的，艾珍媽咪才一開大門，牠們就像約好了一樣集體往外衝，演出「犯人逃獄記」。艾珍媽咪只得開車沿著馬路一隻隻尋找，找到了就先怒罵一頓，再帶上車；被找到的狗兒知道艾珍媽咪生氣了，也都低頭挨罵後乖乖跳上車，不過，艾珍媽咪最後只找著了三個哥哥，最小的妹妹不見了！

艾珍媽咪好著急，可是當天稍晚又有錄影通告，她不能丟下工作不管繼續尋找，該怎麼辦呢？艾珍媽咪只得先去趕通告，叮囑歐陽爸比繼續尋找。很幸運地，艾珍媽咪才剛上工沒多久，就接到歐陽爸比捎來的訊息，告知妹妹已經找到了。

歐陽爸比找到妹妹的過程其實還蠻特別的，因為妹妹的三個哥哥被尋獲回家後，居然整齊劃一地朝著住家附近的山上方向，像狼一般「喔嗚～」不停地「吹狗螺」（註一），於是，歐陽爸比就牽著其中的大哥，沿著山路爬上去搜尋。

沿途大哥一直「喔嗚～」叫著，不一會兒，山上也傳來「喔嗚～」的回應，歐陽爸比尋聲走到山上，看見妹妹正趴在路旁哀號。原來妹妹在慌忙中狂奔到一條岔路，誤將上山的路認成回家的路，越走越往山裡去，所以迷了路，不知該如何回家，幸好，歐陽爸比和哥哥們齊力救回了牠。

六十多隻狗兒的故事多得不勝枚舉，艾珍媽咪表示就算她講個三天三夜都講不完，因為每一隻流浪犬都有著屬於自己的名字與故事，對艾珍媽咪來說，每隻流浪犬就如同自己的孩子一般，與牠們共處的生活回憶，無論時間如何流逝，皆點滴在心頭。

從基督教徒轉變成佛教徒

因為飼養流浪動物，艾珍媽咪更加不捨傷害動物的生命，所以，原生於基督教家庭的她開始茹素。然而，看到她收容的多隻流浪犬所遭遇的悲慘命運，對照其他有主人疼愛的狗兒，她心中不免產生疑惑與省思，不明白為何同樣是動物、同樣是狗兒，命運卻是天差地別？由於這類問題她在《聖經》中遍尋不著答案，因此，她開始接觸佛教書籍，佛學中「六道輪迴」、「因果循環」的道理，讓艾珍媽咪心中累積的疑問逐漸獲得解答，她也因此開始對佛學產生了興趣。

由於照顧六十多隻流浪犬需要耗費相當的精力與財力，光靠歐陽爸比一個人外出賺錢是不夠的，艾珍媽咪原想聘人來幫忙照顧流浪犬，自己到外面拍戲賺錢，以免家裡的經濟重擔全壓在歐陽爸比一個人身上。而且他的個人收入仍不足以應付飼養流浪動物的龐大開銷，日子久了，也會坐吃山空。然而，他們卻一直找不到有意願且合適的人來照顧動物們，艾珍媽咪只好凡事親力親為，過著單純家庭主婦的生活。

艾珍媽咪回顧那段日子，為了照顧流浪犬，她每天的生活內容就是一成不變的例行公事，不外乎送女兒上下學、餵狗、打掃、畫畫、看書，週而復始，日復一日，過著平淡的居家生活，不過，也因為生活作息穩定，她能夠騰出較多的時間來研讀佛法，希望對佛法有更深層的認識。

由於要餵養的狗兒實在太多，所以艾珍媽咪每次餵飯都得使用推車。已經開始篤信佛法的她，每天餵養流浪狗時，都會播放「南無觀世音菩薩」的佛號音樂CD，因此，當佛號音樂從擴音器中傳出時，狗兒們都會朝向門口聚集，乖乖坐好，等待著艾珍媽咪推著推車出現，好飽餐一頓。

有一天，艾珍媽咪應邀去上一個電視節目通告，當天由歐陽爸比來照顧狗兒，看著狗兒們全都慵懶的躺在大院子裡曬太陽睡覺，歐陽爸比心想：「嗯，那我來放片佛樂CD給牠們聽好了。」他就隨手挑了一片佛樂CD播放。

當擴音機裡流暢地傳出「南無觀世音菩薩」的佛號音樂時，歐陽爸比赫然發現，所有狗兒慵懶地模樣全都消失無蹤啦！個個變得精神奕奕，而且一致面向門口、流露出期待的神情，歐陽爸比看了百思不解，不知道狗兒們為何會變得如此？他猛然想起這是艾珍媽咪餵食前慣常播放的音樂，趕緊更換一張佛樂CD播放；果不其然，換了CD之後，狗兒們先是露出奇怪的表情，然後一掃興奮、期待的神情，全體散會，馬上都恢復了先前的慵懶模樣繼續睡覺，真是有趣。

有一回，強力颱風來襲，石碇山上天搖地動，大到鐵皮屋所有的鐵板幾乎都快被掀開了，牆壁似乎隨時會應聲倒下，狗兒們都露出驚惶恐懼的眼神，感到相當害怕，鐵皮屋四周瀰漫著一股肅殺的緊張氣氛。

為了狗兒們的安全，艾珍媽咪特別穿上雨衣、戴上斗笠，到狗屋頂上面將一塊塊大帆布牢牢綁緊，防止雨水從縫隙中滲入，企圖用大帆布將鐵皮屋整個圍住，以徹底隔絕外面肆虐的狂風暴雨。

艾珍媽咪發現每一隻狗兒看著外面的大風大雨，都露出驚慌的眼神，原想撥放狗兒們熟悉的佛樂來安撫牠們的情緒，結果，因為停電的關係，她無法播放佛號，只好自己大聲地唱誦著：「南無觀世音菩薩、南無觀世音菩薩、南無觀世音菩薩……」艾珍媽咪一面綁帆布，一面唸佛號，唸得非常大聲，而且持續不斷，很奇怪，心裡覺得這些狗兒們一定會有所感應。果然沒多久，帆布都還沒完全綁好，狗兒們的情緒就已經全都平復了，縱使外面狂風暴雨依舊，但所有的狗都安靜地趴著，有的還睡著了，跟先前緊張的氣氛大相逕庭。

六十隻狗兒的管理

要同時管理好六十多隻狗兒，可不是件容易的事，一定得切實做好管理工作，才不會淪為別人眼中的惡鄰居。不讓狗兒亂吠是流浪犬收容場所最基本的道德，偏偏狗兒們通常都很「團結」，只要有一隻狗首開先例，其他狗兒幾乎就會跟著狂吠，那震耳欲聾的狗吠聲，再加上鄉下的空曠，連隔壁村莊都聽得到，特別是在夜裡，那劃破寂靜的狗吠聲，常是最令人厭惡的噪音。

艾珍媽咪有個特殊的本領，就是她對所有狗兒的叫聲完全瞭若指掌，只要聽到狗叫聲，她就知道是出自於哪隻狗的尊口，立即呼喊牠的名字，喝斥牠乖乖閉嘴，從來不會罵錯。但有時候，半夜被狗叫聲吵醒，還得起床站到窗邊去喝斥狗兒，實在很累人。

有一次，有人送了歐陽爸比一支可發射ＢＢ彈的玩具槍，歐陽爸比閒來無聊，就在庭院中玩著ＢＢ彈，當他準備發射ＢＢ彈時，槍枝發出「喀擦」的聲響，許多狗開始豎耳聆聽，歐陽爸比惡作劇地「教訓」兩、三隻平日素行不佳的「惡犬」，刻意瞄準牠們的屁股，各賞一顆ＢＢ彈來警告牠們。

可能是那幾隻受到教訓的惡犬將被ＢＢ彈教訓的疼痛感告知大家，並警告夥伴們千萬不要有機會嘗試，從此以後，艾珍媽咪晚上一聽到有狗叫聲，什麼話也不用說，只要躺在床上調整擺在身邊的玩具槍，「喀擦」一聲，所有的狗兒立刻全體肅靜，吭都不敢吭一聲，屢試不爽，再也不用離開溫暖的被窩就能控制牠們啦。

經常斷水斷電的鐵皮屋

談起石碇山區茶園承租的這間鐵皮屋，艾珍媽咪也有道不盡的感慨。房東本身就是鐵皮屋工程承包商，當初與艾珍媽咪說好由他規劃及興建完成鐵皮屋後，再轉租給他們，按月支付租金。結果鐵皮屋規劃好才剛開始搭建，房東就跑來向歐陽爸比表示自己缺錢進材料來蓋鐵皮屋，商請他先付費，歐陽爸比也答應先預支材料費用，之後再以租金來抵銷材料費；然而，在興建鐵皮屋的過程當中，房東又三番兩次前來索費，對於房東提出的要求及費用，歐陽爸比也照單全收，前前後後，所費不貲。

最誇張的是，鐵皮屋即將完工的末期，房東不知為何突然發了一頓脾氣，居然完全撒手不管，要歐陽爸比乾脆自己蓋完！

由於先前在搭建這間鐵皮屋的過程中，艾珍媽咪和歐陽爸比已經支付了不少款項，手頭上的錢已經所剩無幾，沒有錢再另外找地方搬遷，加上前任房東急著收回房子，不願意再續租，搞得艾珍媽咪一家三口騎虎難下，只好硬著頭皮自行完工，不然他們就得帶著一群流浪動物餐風露宿了。

夫妻倆帶著那時才唸小學三年級的女兒，一起去拌水泥、砌磚塊，慢慢將房子蓋好，女兒一度還被磚塊砸到。一家三口好不容易終於完成建屋工程，立即擇日搬了進去。

這間鐵皮屋並沒有獨立的水、電系統，水電全從上方房東家分接供應，這也是原本就談好的條件。因為房東有長期酗酒的習慣，彷彿得了「失憶症」，忘了先前自己向歐陽爸比索款來興建鐵皮屋時，說好那些費用爾後可用來折抵租金，竟然認定艾珍媽咪他們住的是「霸王屋」，住進來之後一直都沒有付房租。

後來，房東只要一喝醉酒，就開始剪電、斷水，站在家門口狂罵；等到他酒醒了，才又把水、電給接回去。為了怕惹惱房東，做出傷害狗兒不利的事，每當房東又在「發酒瘋」時，歐陽爸比只能在家裡鐵青著臉，默默忍耐嚥下那口悶氣；有時房東罵得實在太難聽，連艾珍媽咪聽了都忍不住想去找對方理論，但當她看見歐陽爸比這位曾經叱吒風雲的黑道長老為了狗兒們如此忍氣吞聲的模樣，自己也只能強壓住胸中的熊熊怒火。

一到夏天，鐵皮屋內就會令人感覺酷熱難耐。為了讓狗兒們能夠住得舒適，艾珍媽咪還特別訂做了一個特殊的灑水系統，只要打開開關，屋頂上的澆花器就會自動灑水，水流到屋旁的小水池，再利用馬達帶動水流循環，達到節省水資源的目的；每次啟動這個灑水系統不到二十分鐘，整個鐵皮屋就會變得涼爽多了。

那年端午節正午，炙熱的太陽異常毒辣，整個鐵皮屋被烤得像蒸籠一樣，艾珍媽咪趕緊打開灑水系統來降溫，好讓狗兒們不至於中暑。不料，這時房東卻又突然將電力剪掉，使得灑水系統無法發揮作用，鐵皮屋頓時被烈日照得像個大烤箱，狗兒們連躲的地方都沒有，全都熱得直喘息，有幾隻生病的狗兒甚至已經奄奄一息了。

為了狗兒們，艾珍媽咪不得已跑到房東家裡去，拜託他大慈大悲趕緊把電力接回去。但喝醉酒的房東說什麼都不肯，就算艾珍媽咪急得跪下來懇求也無濟於事，仍舊大聲吵鬧、怒罵，連鄉民代表都被驚動過來協調了。

最後，雙方由鄉民代表作為公證人，當天房東先把電力接回去，大夥兒再約定時間，一次把話當面談清楚。房東酒醒後，承認當初的確說好自己要先蓋後租，也承認答應用租金來抵銷先前預付的材料費用。而這個事件歐陽爸比唯一的錯誤就是一開始用江湖黑道凡事「一句話」的方式處理，忽略文字合約的重要。艾珍媽咪趁這個機會要求大夥兒當場計算好租金抵銷的時間，白紙黑字寫清楚，那麼，彼此也就無異議啦！

沒想到，一計算下來，歐陽爸比先前所預付的總金額居然足夠抵銷鐵皮屋十年的租金！

但艾珍媽咪也不想讓房東覺得吃虧，於是就大方的對房東表示，他們不須在這間鐵皮屋住滿十年，只要住八年就可以了；八年後，他們自然會另外找個地方搬家，房東也欣然同意了。

原以為簽了白紙黑字的契約之後，事情算是圓滿解決，沒想到，才事隔兩個月，房東再度喝醉酒，又把電給剪掉，等酒醒了又接回來，真是傷腦筋啊。

歐陽爸比針灸義診

因為房東依然故我，動不動就斷水、斷電，最後，變成艾珍媽咪一個人住在鐵皮屋裡與狗相伴。

這件事得從歐陽爸比去學中醫說起，由於飼養流浪動物不僅要支付牠們飲食上的費用，還要照顧牠們的身體健康。動物不像人類生病有健保制度，醫療費用居高不下，而一向標榜「生命至上」的艾珍媽咪，只要是小動物們生病了，必定卯足全力去醫治，因此，動物的醫療費用形成一筆龐大的開銷。但是有些車禍的狗兒下半身癱瘓，當時除了自製輪椅外，獸醫也無法救治，歐陽爸比看到一本古書提到《牛馬經》，也就是古時農家用針灸為牲畜治病，為了給這些傷病的動物們更好的照顧，歐陽爸比決定去學習中醫和針灸，好自行醫治流浪動物們的一些毛病，節省一點生活開銷。

然而，原本只是單純想要幫助動物針灸治病的歐陽爸比，基於愛心，非常認真地學習，以當期第一名拿到針灸師證照後，更深入研究關節脊椎部分的醫療，但卻因此成了當地頗受歡迎的針灸師。因為在偏遠地區，許多老人都有風濕性關節炎或脊椎受傷、不良於行的毛病，需要長期復健，而歐陽爸比幫了幾位脊椎關節很難處理的貧困鄉民義務醫療後恢復良好，這種事很快就傳開了。有些住在山區的老人特別跑來請歐陽爸比做針灸復健治療，因為單趟就得走一個多鐘頭的山路，非常辛苦，極富愛心的歐陽爸比不忍心山區種茶的老人們長途奔波，寧願自己開著車至各偏遠村落幫老人們針灸，再加上老人家多半家境不好，所以也不收費用。結果，歐陽爸比到各村落義診時，人數由初期的一、兩位逐漸增加為十來位，而老人們也堅持歐陽爸比不能白跑，一定要收取費用，盛情難卻的歐陽爸比最後酌收每人一百元工本費，稍微貼補一下油錢和針錢；許多熱情的老人還會送上自己種的青菜和醃的醬菜，因此，每次歐陽爸比出診回來，總會帶回滿車的青菜、瓜果及醬菜，真的是溫馨與難忘啊。

一個人在山上與狗相伴

但是，有許多人仍然習慣下班後到家裡來找歐陽爸比看診，由於房東會不定時斷電的惡習，使得歐陽爸比有時需要點著蠟燭為患者診療，有趣的是鄉民都知道這位房東酗酒的習慣，不但包容還鼓勵我們要忍耐，大家有時在燭光中針灸、聊天也還別有一番浪漫風情。但是鐵皮屋裡裡外外所飼養的大群流浪狗，多少也會造成看診的不便；所以，艾珍媽咪和歐陽爸比商量，乾脆另外在深坑市區租一間房舍，對於患者看診及女兒就學也比較方便。

不過自此，艾珍媽咪每天得在深坑市區與石碇山區兩地奔波。每天早上，艾珍媽咪將狗兒餵飽、狗舍清理乾淨，就搭早班公車從石碇到深坑的家中，幫忙歐陽爸比整理家務、照料前來針灸的患者、接女兒放學回家及檢查功課，一直忙到晚上九點半，再趕最末班公車回到石碇山上與狗兒相伴，在沒水又沒電的鐵皮屋中度過漫漫長夜。

那麼，為何晚上要一個人住在水、電皆無的鐵皮屋呢？就在深坑市區住家舒舒服服的過夜，隔天早上再回去餵狗不就好了嗎？狗兒還不是照樣可以吃飽？原先艾珍媽咪也是這麼想，曾經試過連著三個晚上不在石碇的鐵皮屋內睡覺。結果，鄰居紛紛向她反映，在艾珍媽咪不在的這三天夜裡，可能狗兒們不安心，每晚所有的狗都同聲齊吠，吵得四周不得安寧，鄰居

原以為是狗兒們肚子餓了，還好心地往圍牆內丟食物，沒想到狗兒們更加狂吠不止，聲音大到連遠方的村莊都聽得到！

艾珍媽咪無奈，從那時候開始，只好每天晚上固定回到石碇山上「看守」狗兒們。一個人夜晚在缺乏水電的鐵皮屋裡居住，說起來是件相當勇敢的事。夏天時鐵皮屋酷熱難耐，冬天卻是寒氣逼人，艾珍媽咪晚上睡在睡袋中，仍覺得寒冷，幸好老貓卡滋喵總會鑽進睡袋裡相伴，成為寒冬裡最能帶來溫暖的暖爐。

因為缺水，艾珍媽咪都會自行準備礦泉水飲用，再自山上引進山泉水來沖洗或過濾給狗兒們飲用。至於電的問題該如何解決呢？艾珍媽咪自己帶著一座小型汽車電瓶，準備遇到緊急狀況時，用電線一夾，至少有一盞日光燈可以照明，而平常就使用手電筒和蠟燭來過活。

沒有電，鐵皮屋裡當然也就沒有冰箱，無法妥善保存食物，這樣早上吃早餐或夜晚肚子餓了，該怎麼辦呢？艾珍媽咪在自家門口種了不少番薯葉，然後準備一些乾麵線和雞蛋，再配上或煮或炒的番薯葉，就簡單打發掉一餐。當然，偶爾她也會從深坑住家帶點小菜來解解饞。

雖然迫於環境，艾珍媽咪幾乎每天都得吃番薯葉，但已經茹素的她倒也甘之如飴，且長期食用含有豐富鐵質的番薯葉，居然意外治好了她貧血的老毛病。

晚上，艾珍媽咪常點著蠟燭看經書，甚至還自行摸索出了古人如何增加蠟燭亮度的智慧。每天晚上，艾珍媽咪一定讀完經書後再入眠，那時，她的手上有一本《金剛經》，她不斷去研讀，希望從中參透人生的道理，逐步領悟生命的真諦……

或許從另一個角度來說，流浪動物們成了引導她接觸佛法與探索生命的菩薩。

來自四面八方的小菩薩

六十多隻流浪犬已經讓家庭難以容納及負荷了，艾珍媽咪不得已對歐陽爸比下達禁制令，不准他再任意收容流浪狗。歐陽爸比口中答應艾珍媽咪的要求，卻放不下路邊看到而無法帶回收容的流浪犬，所以，他每天都開車載著女兒，帶著一包又一包的飼料，沿路去餵養；歐陽爸比對沿途流浪犬時常聚集的地方瞭若指掌，每到一個定點，就將女兒留在車上，自己下車餵狗，沿路從深坑餵到木柵，風雨無阻。

幾年下來像這樣經歐陽爸比照顧過的流浪犬，至少有幾百條之多。因為大規模飼養流浪狗，使得艾珍媽咪與歐陽爸比逐漸兩手空空，甚至債臺高築，生活變得相當清苦。

入不敷出的生活，讓艾珍媽咪備感壓力，眼看著財務漏洞越來越大，光靠歐陽爸比幫人家針灸的微薄收入是無法填補的，且自己又因為要照顧流浪狗而無法外出賺錢，也只能坐吃山空！

龐大的經濟赤字將艾珍媽咪壓得幾乎喘不過氣來，生活似乎看不到一點未來的希望，而熬不過生活經濟的沉重壓力，已經金盆洗手的歐陽爸比甚至考慮重出江湖；當歐陽爸比告訴艾珍媽咪這個打算時，艾珍媽咪頓時心灰意冷，不禁萌生了一個歹念——想把所有的狗兒都毒死！

只要這些狗兒不存在，已經遠離江湖是非恩怨的歐陽爸比就不會再重蹈覆轍，而他們也可以稍微放下肩上的重擔，不用再去煩惱越來越大的財務漏洞了！如此，大家都解脫了，夫妻倆就可以帶著女兒重新開始！

「只要這些狗兒不存在就好了！」

「只要這些狗兒不存在就好了！」

「只要這些狗兒不存在就好了！」

「只要這些狗兒不存在就好了！」

「只要這些狗兒不存在就好了！」

這個可怕的念頭不斷在艾珍媽咪的腦海中縈繞著，一遍又一遍，揮之不去。

當天晚上，艾珍媽咪做了一個夢，她夢見證嚴法師，艾珍媽咪並不認識證嚴法師，只曾在華視莒光教學節目上看過證嚴法師開示，也看了一些《慈濟道侶》，從未有機會與他當面接觸。在夢中的證嚴法師端坐著，旁邊有許多活蹦亂跳的小動物，證嚴法師不發一語，只是面露微笑，慈祥地凝視著艾珍媽咪；艾珍媽咪只是默默地站在旁邊，證嚴法師起身往前走，艾珍媽咪緊跟在後，那是一個日式的長廊，證嚴法師走到轉彎處回過頭輕聲地對她說：「這些小眾生太可憐了。」說完，即刻轉身離去，消失無蹤了。

從夢中驚醒的艾珍媽咪不斷哭泣，懺悔自己怎麼會衍生了「毒殺所有狗兒」這麼可怕的念頭？正如證嚴法師所言，這些小眾生已經這麼可憐了，她怎麼還能興起讓牠們全數消失的恐怖想法呢？當天下午，心情沮喪的艾珍媽咪便獨自開車往石碇山裡散心，她一直往山裡開去，發現裡面有座靈山禪林寺，於是，艾珍媽咪獨自坐在寺內發呆。

沉思了老半天，身邊突然響起了一個聲音：「菩薩，我看您一個人在那裡發呆了老半天，請問您有什麼煩惱嗎？」艾珍媽咪抬頭一看，是一位沙彌尼（註二），艾珍媽咪向她說明自己所遇到的狀況，接著嘆了一口氣，說：「唉，牠們都是來討債的，只能說是我上輩子欠了牠們。」

沙彌尼聽了，馬上笑著說：「菩薩，您不能這樣子說喔，牠們不是來討債，您知道嗎？牠們都是小菩薩，是來讓您供養的。」艾珍媽咪感到疑惑的反問：「這話怎麼說？」

「您不知道自己有多大的福報耶！」沙彌尼回答：「一般人想要供養，都還要去廟裡用鮮花、香燭供養菩薩，或是特別到廟裡去捐獻供養出家師父，但您都不用耶，在家裡就有這麼多小菩薩從四面八方來讓您來供養，您想想看，這是需要多大的福報才有啊！」

艾珍媽咪聽了沙彌尼的話，豁然開朗，合掌謝過沙彌尼之後，驅車返家。一開門，看到搖著尾巴迎面而來的狗兒們，艾珍媽咪開心地對牠們說：「原來你們都是菩薩來讓我供養的，還好我沒有真的把你們都毒死，不然我豈不是把菩薩通通毒死了嗎？那實在就是天大的罪過啦！」

心念一轉，艾珍媽咪頓時覺得海闊天空，從此以後，她每天早上餵食狗兒們的時候，都對著牠們合掌，虔誠地說：「阿彌陀佛，我來供養你們，謝謝你們來讓我供養。」就這樣，艾珍媽咪熬過了那段最辛苦的日子。

這件事情過後不到半年的時間，不知怎麼搞的，一批元老狗兒開始陸續死亡。這批死亡的狗兒都是最早從台北跟著爸比媽咪搬了很多次家的元老，年紀雖然都大了，但還稱得上身強體健，全身沒有任何病痛，連獸醫也診查不出牠們突然死亡的原因。可是，每星期約有一、兩隻老狗就莫名往生了，速度出奇地快，一個月當中，共有十隻老狗相繼死亡，其中還包括那隻盲犬毛毛及咖啡。

只有慈悲，沒有智慧

看著情感深厚的一批老狗以措手不及的速度快速死亡，艾珍媽咪心裡異常難過，歐陽爸比看著傷心難過的艾珍媽咪感到不捨，沉默了半晌之後，他突然冒出一句話：「我們只有慈悲，沒有智慧。」

艾珍媽咪詫異地望著歐陽爸比，他進一步解釋：「我覺得我們對待流浪犬的方法好像錯了，我們不應該把狗兒幾乎都來者不拒的收容到家中，又因為飼養狗兒有了感情，懷疑有意收養狗的人可能無法像我們一樣善待牠們，老捨不得送出去，總覺得牠們跟著我們生活才是最好的選擇，其實有人願意收容牠們，我們不應該拒絕，因為對牠們來講，這也是多了一個生存的機會……」

「只有慈悲，沒有智慧！」多麼震撼人的一句話啊！這句話徹底顛覆了艾珍媽咪日後的想法，但當時她還來不及認真思考，過沒多久歐陽爸比就往生了。一九九五年十二月底，那幾天媽咪正開心地用菲力豬的照片製作賀年卡——因為第二年就是豬年。只是還來不及送出卡片，歐陽爸比就成為「前世」了。

歐陽爸比走的那一天，一如往常地帶著飼料去餵養流浪狗、為患者針灸，大約下午四點多，女兒放學回家了，他也開心地與女兒閒聊。稍晚，歐陽爸比向艾珍媽咪表示今天感覺特別輕鬆舒服，想要多睡一會兒，但附近工地還有六隻流浪犬尚未餵養，不知該如何是好？艾珍媽咪體貼地要他休息，那幾隻流浪犬就由她去餵養，無需擔心。

當艾珍媽咪餵完狗，再回家煮好晚餐，大約是晚上六點多，她走到房間準備喚醒歐陽爸比起床用餐，沒想到，歐陽爸比竟已離開人間了。

歐陽爸比走得很安詳，艾珍媽咪直到他走的那一刻，才恍然大悟，原來那些感情深厚的老狗前些日子陸續死亡，應該是先去西方極樂世界為歐陽爸比鋪路，等待迎接主人來臨吧！

艾珍媽咪想起歐陽爸比臨走前三天，曾經突然問過她：「我們來世再做夫妻好不好？」艾珍媽咪當下斷然拒絕了，這樣的反應讓歐陽爸比既詫異又難過，因為他原本以為兩人一向恩愛，他這樣問，艾珍媽咪鐵定會立即給個肯定的答案！

艾珍媽咪笑著反問歐陽爸比：「你來世還要再當人嗎？當人好辛苦喔，你不覺得嗎？」歐陽爸比點頭同意，艾珍媽咪進一步表態：「我們應該把目標都放在不要再墮入六道輪迴，將來彼此可以同至西方極樂世界，屆時，你有你的蓮花座，我有我的蓮花座，我們在那裡成為共修的好朋友，而不是在人間的夫妻，這樣不是更好嗎？」歐陽爸比思考了一下，頷首同意：「也對，這樣的確比較好，那我們就以不要再回來人間為目標啦！」

因為與歐陽爸比生前有了這麼一段交談，且由於艾珍媽咪本身學佛的緣故，知道歐陽爸比是已經做完了他的功課才會離去，再加上女兒當時貼心的陪伴，使得艾珍媽咪對於歐陽爸比的驟然離去雖百般不捨，倒也還能坦然接受，打起精神處理好歐陽爸比的後事。

然而，歐陽爸比突然撒手人寰，石碇養狗場的房東又趁機表示要收回房子，面對幾十隻流浪犬何去何從的問題，艾珍媽咪真是不知該如何是好？很幸運地，由於當時媒體大幅報導歐陽爸比驟逝的消息，剛當選台北市長的陳水扁先生看到了新聞訊息，就和羅文嘉先生來到艾珍媽咪居住的鐵皮屋，主動提供協助安置這些狗兒們，並表示流浪動物問題應該是政府來主導處理的，希望歐陽爸比後事處理完，大家成立動物福利小組，協助推動動物保育議題。

同時，因為傳播媒體的大幅報導，許多善心人

士都從全省各地大老遠開車前來認養流浪犬，有中部的果園園主、養魚場的老闆和電視台高山轉播站等等愛心人士，進門就說最醜、最送不出去的他們願意領養，表明也許沒有艾珍媽咪照顧的細心，但是空間大，可自由活動且一定吃得飽，所以，短短不到一個月的時間，家中所有的狗兒們和小動物幾乎都被各地愛心人士認養光了，僅剩下一隻兇猛的西藏獒犬阿娜答及貓咪卡滋喵。

發揮更大的影響力

雖然萬般不捨，但是面臨未來要工作以償還債務，也只好接受這種家人不得不分離的狀況，尤其歐陽爸比生前所留下的那句話：「我們只有慈悲，沒有智慧！」一直縈繞在艾珍媽咪的腦海中，處理完歐陽爸比的後事及流浪犬的去處之後，她靜下心來思考，認為歐陽爸比說得很對！其實，以艾珍媽咪與歐陽爸比兩個人的能力，若是能結合各處的資源，規劃各項動物保護議題的活動，呼籲社會大眾重視動物保育議題，相信其所產生的效益絕對會比兩個人在家悶頭照顧一群流浪犬大得多！

於是，艾珍媽咪開始凝聚民間各動物保育團體的力量，與台北市政府各局處成立一個動物福利小組，全力推動《動物保護法》。艾珍媽咪相當感謝來自各方的善心人士，收養了家中所有的狗兒，為她分擔養育的責任，她才能毫無負擔地致力於動物保育工作。

在眾人的努力研討修訂推動之下，第二年《動物保護法》終於正式立法成功，艾珍媽咪開心地將《動物保護法》通過的公函拿到歐陽爸比的牌位前面，對他說：「這下你終於可以安心了吧！」冥冥中，艾珍媽咪彷彿看到了歐陽爸比滿意的微笑。

「雖然我不再收養流浪犬了，但我會用自己的力量，運用各種活動方式，結合社會大眾的愛心，全台走透透，為動物保育及生命關懷等議題奉獻更多的力量！」艾珍媽咪說：「像現在我將自己與動物的故事書寫付梓，也是抱持著這樣的心，期待與讀者藉由文字的分享，能對動物保育議題增加更多的關懷！」

成立流浪犬絕育中心

在飼養流浪犬的過程中，艾珍媽咪還有一個難忘的經驗：有一天，艾珍媽咪經過一個空屋，突然聽到裡面傳來陣陣幼犬細微的哀號聲，走進去一看，空屋盡頭的走廊躺著一隻疲累的母狗，應該是剛生完孩子沒多久。按照常理來說，甫出生的幼犬應會全部趴在母狗身上吃奶，但現場情形並非如此，小狗滿地亂爬，哀哀啼叫。

感到疑惑的艾珍媽咪，上前檢查母狗的乳頭，發現剛生產完的牠居然一點乳汁也沒有，呈現營養不良的症狀！艾珍媽咪趕緊先拿水給母狗喝，已經疲憊不堪的母狗連吃喝的力氣也沒有，看這狀況母子都會沒命的。她趕快就近找了個盒子，將大約剛出生一、兩天的六隻幼犬全都裝在盒子裡，並立即返家帶了足夠的食物和牛奶來餵養狗媽媽，艾珍媽咪對著狗媽媽說：「你放心吧，小狗我會幫你照顧的，你先好好休息調養身子吧！」此時狗媽媽竟然撐著身子站了起來，朝門口走了出去，在門邊停下來回頭看看艾珍媽咪和幼犬一眼，眼神充滿無奈，就頭也不回地往山上走去，從此再也沒有出現過了，而小狗狗們因為在胎中營養不良，只活了一星期就相繼往生。這件事讓艾珍媽咪感慨萬分，她覺得母狗在外面流浪而餐風露宿、挨餓受凍、驚恐不安已經夠可憐了，居然還落得懷孕生子的悲慘下場，真是無奈，於是，她學習並參加動物保育團體來推廣「流浪動物絕育」的觀念。在一九八〇年代推廣時，「流浪動物絕育」算是相當先進的觀念，艾珍媽咪也遭受不少愛狗人士的抨擊，認為此舉相當不人道！但艾珍媽咪與其他動物保育人士討論的結果，認為唯有如此，才能夠有效控制流浪狗繁衍的問題，也可減少流浪動物所延伸的社會問題。

此外，艾珍媽咪並配合許多動物保育團體宣導「尊重生命」的議題及舉辦流浪動物認養活動，以周全的實際行動來處理流浪犬的問題，讓自己不再是個「只有慈悲，沒有智慧」的人，期望能以此撫慰歐陽爸比在天之靈！

【艾珍媽咪的小叮嚀】

收容流浪犬雖然是愛心的表現，但也要考量自己的經濟能力，不然只會讓自己背上沉重的經濟負擔。而「流浪動物絕育」的觀念也應該要普遍推行，如此不但能使許多流浪犬不再飽受懷孕生子的痛苦，也能避免製造更多的流浪犬問題。

註一：吹狗螺，有些狗會發出像狼一樣的長嚎，而且狗群通常會齊聲共鳴，在夜晚聽起來格外淒厲，因此，民間有傳說狗兒們吹狗螺是因為看到了「好兄弟」；不過，依據科學研究觀察，一般發生吹狗螺的情況，通常是狗兒正在警戒牠們尚無法辨識的入侵者及缺乏安全感時，通常也會為了與遠方的同伴聯絡而採用這種方式。

註二：沙彌尼，尚未受戒的出家女眾，若已受戒就稱為比丘尼。

逆轉心性的火爆浪子

——西藏獒犬阿娜達

承蒙各界善心人士的愛心認養，艾珍媽咪養的六十多隻流浪狗都有了去處，唯獨剩下一隻西藏獒犬——阿娜達，沒有人願意認養，一來因為獒犬生性就較兇猛，認養條件本身就較具限制，二來阿娜達的兇猛度比起一般獒犬更勝一籌，因為牠壓根兒只認定艾珍媽咪一家人，其他人只要一靠近，鐵定逃不過牠的利牙攻擊，這樣的「惡犬」自然乏人問津了。

會咬人的可怕猛獸

來過艾珍媽咪家的客人都領教過阿娜達的威力，形容他們家豢養了一頭會「吃人」的、超級可怕的猛獸。屬於大型犬的西藏獒犬，警戒心重、攻擊性強，個性相當勇猛，除了對主人忠誠順從，其他一概六親不認，而藏獒之中，據說特別突顯眉心毛色的「四眼藏獒」個性最為凶猛，阿娜達就是隻超級兇猛的「四眼藏獒」，無怪乎被形容成「吃人怪獸」。

至於價錢不斐的獒犬怎麼會出現在艾珍媽咪的家呢？這真是全台灣喜愛獒犬人士一段心痛無奈的過往，在一九八五年後台灣興起飼養西藏神犬「藏獒」的流行風氣，市場價錢高達幾十萬，而當年所有的藏獒都是台灣狗商親自到西藏收購，西藏人多半為游牧民族，忠誠的獒犬為家中的重要守護者，親密地如同家中一分子，但是舌燦蓮花的台灣狗商影響了一些貧窮純樸的藏人，紛紛將家中獒犬出售，品種好的還可以賣得好價錢貼補家用。然而台灣對進口動物限制非常嚴格，尤其是中國為狂犬疫區，更不開放動物入境，因此當年的獒犬完全是由漁船偷渡進入台灣，由於狀況太過猖獗，海防下令嚴格捕捉這些走私獒犬的漁船狗販，曾經有偷渡的漁船為了怕人贓俱獲，居然在海防登船查緝之前用石頭或重物綁在獒犬身上丟進大海煙滅證據。最後幾艘偷渡獒犬的漁船在海上一直不敢靠岸，而這些獒犬就被關在船艙底下漂泊長達一個月，終於等到一個夜晚漁船靠岸了，岸邊等候多時的中南部狗販紛紛將狗裝上車運走，但船家竟然發現船艙內有四隻出生十多天的幼小獒犬……因為當時警方將獒犬視為走私品，無法公開買賣，尤其對販賣幼獒犬查緝很嚴，狗販不敢出售只好秘密找人送養，歐陽爸比的兄弟朋友告知這段故事後也將其中一隻最不親近人的小狗送給了爸比。於是出生只有二十幾天的阿娜達注定成了往後艾珍媽咪的守護者。

後來台灣一些愛心人士成立獒犬協會，呼籲愛護古老藏獒，獒犬才不再經歷慘忍非法的偷渡，直到現在市面買賣都已是在地的獒犬繁殖了。

小阿娜達雖然只有二十幾天大卻已經是粗手大腳，烏漆痲黑的絨毛就像一隻小熊，非常皮且具有破壞性，先把木門的貼皮從底下咬破再用力拉扯，每個門都被拉成像流蘇般一條一條的，等她換乳牙時就開始啃家具，客廳的藤製桌椅每一張都咬得坑坑巴巴。有一天艾珍媽咪在院子打掃時突然聽到客廳發出地「匡噹」一聲巨響，進去一看，媽呀！桌子終於被阿娜達啃斷一隻腳了，這位小姐露出驚恐的表情……當然不是因為做錯事，而是被桌子倒下的聲音嚇到啦！

成長的這段時間，阿娜達與四隻小惡魔（Billy的兒女）一起玩耍、合力破壞，把家裡搞得像被炸彈炸過的廢墟。一群成長中的大型幼犬——恐怖喔！

因為獒犬的特性，阿娜達對爸比、媽咪、小姊姊及動物夥伴都很親密，但是面對外人……嘿嘿嘿，艾珍媽咪笑著說：「因為養了阿娜達，當時我們家幾乎都沒有人敢來呢！」為此，艾珍媽咪還特別去訂做了一個大鐵籠放在臥房裡，只要客人到訪之前，一定事先把阿娜達關在鐵籠裡，免得牠嚇壞了訪客。

有一回，郵差來家裡送信，剛好門沒有關好，阿娜達就衝出門撲上去，對著那位郵差一口咬下去，還好阿娜達雖然外型兇猛，但咬起人來力道並不足，只會用牙齒上下啃咬，並沒有用力撕扯，所以郵差的衣服雖然被牠扯破了，但身上只有幾處皮肉傷而已，傷勢並不嚴重，當然事後艾珍媽咪也對郵差深深道歉。

「幸好有Micheal的前車之鑑，我們養阿娜達的時候，從來不跟牠玩拉扯毛巾的遊戲，要不然後果可真是不堪設想哪！想想看，連聖伯納犬都可以將人咬成重傷，更何況攻擊力超強的獒犬！」艾珍媽咪再次叮嚀：「大型犬的飼主在飼養過程中，千萬記得不要去碰觸那『禁忌的遊戲』，讓牠們學會猛獸撕咬的動作，這真的不是開玩笑的，否則一旦傷了人，賠都賠不完哪！」

在歐陽爸比往生以後，艾珍媽咪計畫帶著女兒搬回台北市區的娘家居住，可是，台北娘家裡尚有年老的母親及其他親人同住，阿娜達這樣「生人勿近」的個性，絕對無法融入台北市區的新生活，此刻，唯一沒有人認養的牠成了一個燙手山芋。

那麼，該如何安置阿娜達呢？有人向艾珍媽咪建議用「安樂死」的方式來解決，但艾珍媽咪說什麼也不肯，因為阿娜達是歐陽爸比生前最喜愛的狗之一，她怎麼捨得如此殘忍地結束牠的生命？況且，這樣做又怎能撫慰歐陽爸比在天之靈？

首度分離的心痛

終於，有個朋友自告奮勇，願意嘗試收養阿娜達，幫助艾珍媽咪解決這個棘手的問題。艾珍媽咪不放心的提醒他：「你確定嗎？阿娜達很兇的，不但會咬人，而且真的很會認人喔！」

朋友拍拍胸脯，自信十足的表示：「沒關係啦！我到處打聽飼養的方法，人家告訴我說，要教這種生性兇猛的大型犬乖乖聽話，只要把牠放在一個大鐵籠裡面，先用布將籠子四周圍起來，與外界徹底隔絕，三天不餵牠吃任何食物，只給牠喝水，這樣就能好好磨練牠的性情；等餓過三天，第四天開始餵食時，我就一直跟牠講話，這樣一段時間過後，牠就會把餵食的人當新的主人看待了。」

看著朋友誠懇的態度，艾珍媽咪知道他是位有心人，她感激的將阿娜達交給朋友，雖然不捨得，但已經一籌莫展了，除了得適應沒有歐陽爸比的日子，她還得趕緊努力工作，才能償還先前因長期飼養流浪狗所累積高達四百多萬元的債務，面對幼小的女兒及高額的債務，艾珍媽咪怎麼可能還有餘力去照顧阿娜達呢？

艾珍媽咪既心痛又無奈的送走了阿娜達，誠心的祝福阿娜達重新展開自己的新生活，也同時帶著女兒搬回台北娘家。沒想到，到了第三天，她接到朋友的緊急電話：「糟糕了，阿娜達把籠子撞開，自己跑掉啦！」

撞壞鐵籠消失無蹤

接獲噩耗的艾珍媽咪立即趕到朋友家，朋友家位於深坑的一處山腳下，關阿娜達的籠子就放在院子裡，而院子周遭又沒有圍牆。望著那被阿娜達撞壞的空鐵籠，心情沉重的艾珍媽咪簡直快崩潰啦！因為入山的小路上有一些大型犬的腳印，艾珍媽咪推測阿娜達可能往山上跑，她強打起精神，沿著山路一邊走一邊呼喊著阿娜達的名字，喊了一整天，直到太陽西下，仍然不見阿娜達的蹤影！

眼看就要天黑了，阿娜達依然渺無音訊、生死未卜，艾珍媽咪失望地跪坐在山林間，眼淚無助的落下，想起逝去不到一個月的歐陽爸比，她連日來的壓抑和委屈瞬間爆發，失控地放聲大哭起來，對著在天上的歐陽爸比大喊：「你不能夠就這樣子撒手不管哪！我已經一個人面對那麼多事情，把所有的狗兒們都處理完了，就剩下阿娜達，牠如果沒有一個很好的歸宿，就這樣莫名奇妙的失蹤，你叫我以後怎麼安心工作來還那麼多的債務啊？我又該怎麼好好生活下去啊？」

天空無言，甚至無情地蓋上黑幕，四周變得一片漆黑，艾珍媽咪只好等待隔日天明再來尋找阿娜達，她收拾起情緒，孤單地走下山去。

回到朋友家的院子，艾珍媽咪站在被阿娜達弄壞的籠子旁，眼淚又撲簌流下。她想起阿娜達曾經在家裡已經窮到沒有錢買狗飼料的時候，適時產下了九隻幼犬，這九隻可愛的純種獒犬吸引了許多人前來領

養，像知名藝人楊惠珊也領養了其中一隻，還包了一個大紅包給艾珍媽咪，讓已經一文不名的他們可以暫時度過難關，一群狗兒也有飼料吃了。當時艾珍媽咪還摟著阿娜達說：「你生孩子解決燃眉之急，救了大家，真是我的菩薩啊！」不過，因為不忍阿娜達再承受生產之苦，艾珍媽咪之後也將阿娜達結紮了。

想起與阿娜達深厚的情感，艾珍媽咪的淚水更是像斷了線的珍珠般不停落下，哭著、哭著，艾珍媽咪突然產生一種奇怪的感覺，覺得身後似乎有一雙眼睛在注視著她。回頭一看，阿娜達出現在距離身後大概十幾步遠的地方，像個做錯事怕被責備的孩子般默默站在那裡，不敢走近艾珍媽咪，只是神情哀怨地揪著她瞧。

艾珍媽咪飛奔過去，抱住阿娜達，對牠說：「你放心，媽咪不會再把你送走了，不管怎麼樣，我都不會再送走你了。」就這樣，艾珍媽咪又將阿娜達帶回石碇的養狗場。

再度找尋棲身之地

商請石碇養狗場的房東暫緩把房子收回去，阿娜達暫時還可以有個棲身之所。不管刮風下雨，艾珍媽咪每天都從台北開車到石碇去餵養阿娜達，等把牠料理妥當之後，再返回台北住處，有時就算拍戲拍到大半夜才收工，仍然得到深坑去照顧阿娜達。

兩處奔波舟車勞頓的日子雖然辛苦，但艾珍媽咪沒有一絲抱怨，因為她承諾過阿娜達，不會再把牠送離身邊；而且此時艾珍媽咪對阿娜達的付出已經不是人對動物的單純愛心而已，她對阿娜達的情感，已經轉變成一種等同於親人的牽掛。

但這種方式並非上策，因為深坑的房子隨時可能被房東收回，屆時阿娜達的安置又會成為一個問題。

有一天，艾珍媽咪在台北住家望著窗外沉思這個問題，心裡思索盤算著究竟該如何是好？位於台北醫學院附近的娘家雖然地處熱鬧的台北市區，但鄰近一座小山的山腳下有座供奉地藏王菩薩的小廟，叫玄覺寺，她望著那座寺廟，突然想起自己在阿娜達失而復得後不久，曾經把牠的照片給一個十分具有靈性的女孩子看，她看了之後，肯定地對艾珍媽咪說：「這隻狗你送不走喔，牠注定要待在你身邊守護著你，不管你把牠送到哪裡，不超過三天，牠就會出狀況，讓你不得不去把牠找回來……」

艾珍媽咪覺得很驚奇，因為她從未向那名女子提過先前曾將阿娜達送走的事情。女子接著又說：「我覺得牠住在廟裡面比較好，妳應該去打聽看看有沒有寺廟願意收留牠？但妳每天都要去看牠，不然一超過三天，又會發生事情。」女子停了一下，神秘地笑道：「你放心好了，當牠守護你十年期滿之後，牠會像歐陽大哥（歐陽爸比）一樣，在睡夢中安詳地離去……」

態度一八〇度大轉變

於是，艾珍媽咪來到玄覺寺，向住持阿公說明她的來意與難處，拜託是否可在寺廟後方山區租一小塊地來安置阿娜達。仁慈的住持阿公一口就答應了，而且完全不收取任何費用，從此，阿娜達終於有了安心的棲身地。

艾珍媽咪就在玄覺寺後方山邊一棵茂密的百年老樹下，為阿娜達搭了個能夠遮風避雨的大屋籠，而屋籠下方的院子，剛好是廟方舉辦法會及誦經的地方，所以，每天從早到晚，阿娜達就在一個充滿誦經聲的環境裡生活著。玄覺寺的住持阿公曾經笑著對艾珍媽咪說：「呵呵，我們每天在這裡唸經，聽得最多的就是阿娜達，無時無刻都在聽，什麼人都沒有牠聽得多。」

在耳濡目染之下，每天聽佛音的阿娜達，不到半年的時間，個性居然有了極大的改變！原本脾氣兇猛、暴躁的牠，一看到陌生人靠近就齜牙裂嘴、面目猙獰，後來居然變得願意讓人親近，甚至還可以接受附近孩子們的擁抱，搖身一變成為小朋友們最喜愛的寵物！孩子們常常會待在寺廟門口等，只要艾珍媽咪傍晚提早過來帶阿娜達去散步，他們

都會向艾珍媽咪嚷著：「我們要找阿娜達！」然後輪流牽著牠，陪同艾珍媽咪一起帶阿娜達散步，真箇是一八〇度的大轉變！

有時，艾珍媽咪牽著阿娜達在住家附近散步，路上總會遇到一些狗莫名地對著阿娜達狂吠，有時還會冷不防衝過來咬牠一口，但阿娜達並不反擊，仍然氣定神閒地繼續前進。有位台北醫學院的女學生看到了這樣的情形，就跑過來對艾珍媽咪說：「阿姨，我剛剛一直看著你這隻狗，我覺得你這隻狗有修行喔！因為一路上好多狗都對牠很兇，甚至還咬牠，可是牠卻能夠完全無動於衷，絲毫不理會牠們，就這樣自在地一直往前走，所以，我想牠應該是隻有修行的狗，才有可能這樣耶！」

可不是嘛！阿娜達一八〇度的大轉變著實令人驚訝不已！後來，艾珍媽咪甚至還帶牠到華視由張復健主演的戲劇《劉伯溫傳奇》中客串一角，成了狗明星呢！就連從前形容猶如吃人猛獸的朋友們，再度看到性情變得溫和的阿娜達之後，都直呼不可思議哩！

艾珍媽咪只能將一切歸功於佛經的教化，每天沐浴在地藏菩薩佛號誦讀聲中，才會神奇地讓阿娜達心性整個轉變，從桀敖不馴的火爆浪子變成溫馴有禮的紳士，除此之外，艾珍媽咪實在想不到阿娜達轉性的第二個理由。

夜間妙趣橫生的生態樂園

艾珍媽咪每天都會到阿娜達在寺廟後方的棲身處，先將阿娜達餵飽之後，再帶出來散步，有時工作結束後，已經三更半夜了，她連上戲的妝都來不及卸，就趕去照顧阿娜達。深夜的寺廟山區後方幾乎沒有燈光，就如同一片原始熱帶雨林般陰森，艾珍媽咪仍勇敢的自己帶個手電筒，帶著吃飽的阿娜達在山間漫步。

剛開始，有些晚睡的鄰居瞧見漆黑的山林間三更半夜突然出現一盞移動的燈光，嚇得向住持阿公反應，阿公解釋：「那是譚艾珍哪！她半暝來顧那隻狗啦！」鄰居驚奇的地：「她三更半夜跑去山裡面不會怕喔？」阿公哈哈大笑回答他：「怕什麼？我看她連鬼都不怕了，還怕什麼？」的確，為了照顧阿娜達，說什麼也得隻身在深夜勇闖山區，況且，明人不做虧心事，就算真的遇到鬼，又有什麼好怕的呢？

在旁人眼中，夜半在山區到處亂晃，或許是件極為可怖的事，尤其後方就是六張犁公墓。但對艾珍媽咪來說，卻讓她意外發現了一個美麗的生態世界。因為，夜裡寧謐的山區，許多夜行性動物和昆蟲都出來活動，形成生趣盎然的別緻景觀。

夜裡是蛙類的天堂，青蛙、牛蛙、蟾蜍……各式各樣的蛙類都出來覓食活動，艾珍媽咪最愛去逗胖嘟嘟如碗公般大的蟾蜍玩，拿著一根小樹枝，輕輕地戳蟾蜍屁股一下，蟾蜍就跳一下，再戳一下，蟾蜍就再跳一下，戳一下、跳一下，一直跳到牆邊，艾珍媽咪再戳一下，無路可走的蟾蜍整隻就站起來，趴在牆上，還回頭用無辜的眼神望著艾珍媽咪，模樣煞是可愛，常讓艾珍媽咪笑翻天！

有蛙類，當然一定會有把蛙當珍饈的蛇類，艾珍媽咪有一回深夜牽著阿娜達準備走下寺廟的樓梯溜達時，正巧和一條又粗又長的龜殼花不期而遇，那條蛇可能是去附近覓食後要爬行樓梯回家，沒料到半路會突然殺出個程咬金，一下子愣住了，艾珍媽咪也愣住了，雙方瞬間都停止動作；艾珍媽咪先讓出路來，對蛇說：「讓你先走吧，你是蛇嘛，這裡是你家，你比較大。」一可能因為蛇是熱感應動物，牠感覺到前面的熱能移開了，也就慢慢地繼續往上爬，艾珍媽咪也才慢慢地把阿娜達帶下來散步。

樹林裡有各種蛇類，台灣只要是低海拔的山區大都會有龜殼花出現，艾珍媽咪就曾在這裡看過如家用黃水管般粗的龜殼花，那條粗大的龜殼花幾乎是她有生以來記憶中看過最粗大的一條蛇，通常被這麼粗大的龜殼花咬一口，保證來不及就醫就立刻命喪黃泉啦！而每年春天來臨的時候，冬眠的蛇就會甦醒，小蛇也會紛紛孵化出來，有一次，艾珍媽咪經過一處石堆，赫然發現許多剛出生的小龜殼花，艾珍媽咪看到小小的龜殼花往山下爬，怕牠們被害怕的人類打死，就輕輕地把牠們一一抓起，再帶到山頂上放掉，增加牠們生存的機率；同時，艾珍媽咪也在山腳下豎立了一個告示牌，提醒在山邊停車的民眾，小心龜殼花出沒。

大多數人對於蛇都會有莫名的恐懼，尤其是毒蛇更是怕死了，可是艾珍媽咪卻看過令她難忘的景象。在玄覺寺後方的竹林中有一隻流浪狗生了四隻小狗，寺方信徒及艾珍媽咪每天都帶食物去餵養，準備滿月後將小狗送養，而狗媽媽由寺方收留。過一陣子後小狗已經開始吃軟飼料，狗媽媽也四處趴趴走不太管孩子們，所以艾珍媽咪一天得餵三次飼料。而平日只要靠近小狗時，它們聽到媽咪的聲音都會開心地歡迎，有一天清晨又要去餵狗狗了，這時媽咪因看到的景象而嚇到不敢出聲，只見熟睡的小傢伙中間躺著一條大龜殼花，看來大家都睡得很熟，艾珍媽咪深怕小狗一動會被蛇咬，只好輕輕地移動腳步想先離開，誰知道小狗們已經聞到媽咪的味道而興奮地起身歡迎，媽咪卻緊張得像木頭人不敢動，這時看到被吵醒的大龜殼花慵懶地慢慢爬向草叢去，大家相安無事，艾珍媽咪猜想大蛇、小狗應該早就「同居」了。當然，之後一個星期之內就委託動物福利協會幫忙將小狗送養。

山路旁常結了許多蜘蛛網，艾珍媽咪每次帶阿娜達出來散步的時候，都會小心地避開那些蜘蛛網，不要破壞小蜘蛛們辛苦的成果。一般蜘蛛結的網大都是平面的，艾珍媽咪意外發現有一種類似太空艙狀的蜘蛛網，整個蜘蛛網呈現三六〇度的立體結構，艾珍媽咪深深被這種特別的蜘蛛網所吸引，拿著手電筒慢慢地觀察，發現蜘蛛網分為上、下兩層，上層較小，下層較大，兩層中間還有一條通道，通道周圍還掛滿了許多枯葉，艾珍媽咪看得都差點忘了要帶阿娜達去散步，讓阿娜達在一旁枯等許久。

隔天，艾珍媽咪特別去詢問對蜘蛛有研究的朋友，朋友表示這是屬於獵捕型蜘蛛所結的網。牠很聰明，一邊織網一邊把樹葉掛在網子上做偽裝，當網結好之後，蜘蛛就躲在周圍偽裝的樹葉裡面，讓昆蟲們完全看不見牠正虎視眈眈躲在一旁伺機而動；由於蜘蛛網的上面一層比較稀，下面一層的網比較密，中間那一層通道的網更密，所以當昆蟲飛進上面那一層，想要飛出去已經有點困難了，再經過通道落到下層的網，只有越陷越深而已，這時端坐在中間通道等候的蜘蛛，就迅速過來捕獲獵物，飽餐一頓了。

艾珍媽咪還特別在白天找個時間帶女兒過來一同觀賞這美麗的立體蜘蛛網，女兒看了之後，也對大自然的奧妙讚賞不已。

發現清幽的綠色祕境

有一回，艾珍媽咪半夜又牽著阿娜達在林間散步，赫然看見一隻灰色的大夜鷺。半夜看見夜鷺不稀奇，因為夜鷺活動的時間大多在晚上，還因此有個台語別稱叫「暗光鳥」（註一），但她覺得很奇怪，因為夜鷺最喜歡吃魚，應該是在河流、池塘或湖泊傍水而生，這山間又沒有水塘，夜鷺怎麼會出現在這裡呢？仔細尋找之下，艾珍媽咪在附近發現了一個隱密的出口，往內走有個昔日灌溉用的大埤塘，埤塘裡面有許多魚蝦，所以夜鷺才會在這個區域繁殖。

埤塘周圍環繞著高聳茂密的竹林，一片翠綠，感覺好漂亮、好清幽。夜鷺爸爸和夜鷺媽媽就在竹林間築巢，孵育了幾隻小夜鷺，幾隻剛出生沒多久的小夜鷺羽毛是灰褐色的，有許多白色的斑點，偶而會從竹林裡跑出來偷瞧外面的世界，有時與艾珍媽咪及阿娜達對上，歪著頭看了看再快速地躲進林子裡去，模樣非常俏皮、可愛。

艾珍媽咪曾經帶著阿娜達和女兒一起進去大埤塘那裡探險，對徜徉在綠色懷抱裡的美麗景觀讚嘆不已，還忍不住幫女兒在那邊拍攝一組照片。那個綠色祕境雖然人煙罕至，但除了艾珍媽咪，仍有一些人同樣發現了這個清幽的祕境，每天早上都會到那兒去做運動，或許是不喜歡陌生人擅入，後來地主就把整個出口都封了起來，艾珍媽咪雖然感到有些遺憾，但換另一個角度想，如此綠色祕境的生態也將得以保留，這樣已足堪慰藉了。

「我好愛這些自然生態喔，你知道嗎？除了昆蟲、蛙、蛇、夜鷺……我還曾經看過好多果子狸在山裡活動呢！」艾珍媽咪開心地說：「如果不是三更半夜獨自帶著阿娜達走在山區，我怎麼能夠看見這些可愛的動物生態呢？」

然而好景不常，後來附近的法醫中心重新整地，由於缺乏生態保育觀念，沒有考慮到「生態工法」（註二）規劃生態步道，還做了深深的排水溝，許多小蛙都掉到乾涸的大排水溝裡跳不上來，隔天一早太陽出來後，都被炙熱的陽光給晒乾了，排水溝裡遍布小蛙屍體，讓艾珍媽咪看了好生難過。

因此有一陣子，艾珍媽咪晚上帶著阿娜達在林間散步時，就把阿娜達綁在法醫中心的路邊，再跳到排水溝裡去抓陷入其中的小蛙，抓了就往外丟，但小蛙們還是前仆後繼地陷入溝中，艾珍媽咪怎麼抓也抓不完，後來只能無奈地放棄了救援小蛙的行動。

後來，蛙沒了，蛇也沒了，果子狸也沒了，可想而知，因為建設增加，路燈的光害，食物鏈也被破壞的關係，這裡許多小動物後來就陸續消失了。原本熱鬧有趣的自然生態樂園，因為人類缺乏環保觀念的建設，就這樣逐漸消失，山裡頭也變得寂寞起來了。

在睡夢中安詳離去

在照顧阿娜達的期間，艾珍媽咪一直不敢出遠門，因為每天都得親自回來餵養阿娜達，帶牠出去散步，但她仍甘之如飴，因為對艾珍媽咪而言，阿娜達已經是如同親人般的重要牽掛，再怎麼也捨不得放下。

然而，正如那位女子所言，阿娜達在陪伴艾珍媽咪滿十年以後，身體開始變得衰弱，體力逐漸不支，四肢也站不穩，常常站起來走不了幾步就得休息，大小便也變得無法控制。

有一天，老態龍鍾的阿娜達連站立都顯得力不從心，於是艾珍媽咪抱著阿娜達，在心底誠摯地對玄覺寺地藏王菩薩懇求：「如果阿娜達現在已經功德圓滿，就請讓牠好好地走吧！」隔天，當艾珍媽咪再度去看阿娜達的時候，發現牠已經在睡夢中安詳地走了，真的就像歐陽爸比離開人間時一樣。

艾珍媽咪對狗兒有著濃郁的情感，Micheal是影響艾珍媽咪生命中的一隻狗，然而從阿娜達成為家人以後直到離去，短短十四年間更是讓艾珍媽咪生命成長。

註一：暗光鳥，常常也會用來形容喜歡在晚上活動，很晚還不睡覺的人。

註二：生態工法：為保持生態環境的完整，以維持多樣化生物之生存權，在尊重當地天然條件及人為設施與環境不相衝突的前提下，妥適導入人類在環境生活中為提供安全所利用的土木工程構造，均可謂之「生態工法」。

【動物小百科】西藏獒犬（Tibetan Mastiff）

◎原產地：中國西藏青康藏高原。

◎體態：身軀強壯、頭型稍大，身高約七十至八十公分，體重約七十五至九十五公斤左右，屬於大型犬，毛色有黑色、灰色、黃色及較為稀少的金絲毛，壽命大約八至十年。

◎特點：藏獒凶猛但穩重，極具攻擊性，可說是世界猛犬的祖先，力量強大，警戒心重，對主人忠誠又順從，一般做為看家犬及守衛犬，勇敢十足，能和整群的野狼奮戰以保護羊群。

開啟智慧因緣的陽光天使

——喵咪寶貝們

金吉拉咪咪

咪咪是來到艾珍媽咪家的第一隻貓，原先牠是歐陽爸比朋友家中的寵物，因為朋友不想繼續飼養貓咪了，就詢問歐陽爸比是否可以收養？對動物滿懷慈悲的歐陽爸比也就答應試養看看了。

許多愛狗人士對貓咪幾乎沒什麼好感，總覺得牠們的個性陰沉難以捉摸，天生一副難以伺候的大小姐脾氣，對人愛理不理的，有時候不管主人怎麼扯破喉嚨呼喊，仍然動也不動，硬是不給面子，甚至還抬起頭、瞇著眼質疑主人：「為什麼我得聽你的話乖乖過來？」完全不像狗兒一般單純熱情、忠心耿耿，只要主人一聲呼喊就立即有回應，永遠不會擺臉色給主人看。

養過無數隻狗兒的艾珍媽咪和歐陽爸比原先對貓咪也抱持著相同看法，不過一些愛貓的朋友告訴他們：「有機會不妨養隻貓吧！雖然貓的個性難以捉摸，看似冷酷無情，但這也正是牠迷人之處，一旦你們養過貓後，肯定會終身愛上牠！」

的確，自從咪咪成為艾珍媽咪家中的成員以後，艾珍媽咪和歐陽爸比逐漸體會那些愛貓朋友們的話，對貓咪先入為主的觀念有了一八〇度的大轉變，他們更沒想到咪咪最後竟然還為他們家帶來意想不到的影響，這真是很奇妙的改變！

深坑的住家是兩層樓的公寓，前面有個院子，放養了好幾隻狗，由於貓狗天生就是宿敵，如果任意將咪咪在家中放養，一定會搞得家中不得安寧，因此，艾珍媽咪就將牠養在自己的房間裡，完全和狗兒的生活空間隔絕。

咪咪的個性完全沒有傳聞中貓咪的驕傲，牠雖不像狗兒般熱情相挺，卻總是優雅適時地顯現出貼心的一面。或許因為咪咪是跟著歐陽爸比回來的關係，牠總是特別愛黏著歐陽爸比，尤其是晚上看電視的時候，牠就會對著歐陽爸比「喵喵」叫，要求他屈身抱牠，所以，歐陽爸比常常抱著咪咪一起看電視，而咪咪也乖巧的窩在他的懷裡，活像一個貼心又愛撒嬌的小女兒。

當白天艾珍媽咪獨自在家畫畫的時候，咪咪也是最佳的陪伴者，牠會跑到畫桌上面，找個適當的好位置，然後靜靜的睡在旁邊。於是，艾珍媽咪就在畫桌上咪咪常睡覺的地方，準備了一個咪咪專屬的睡墊，讓牠睡得更加安穩。

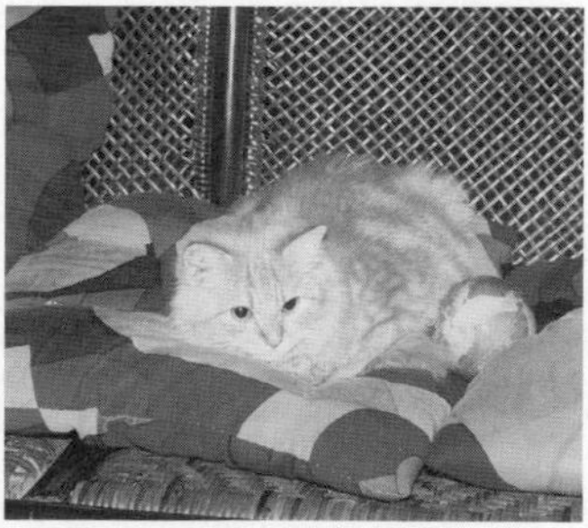

有一次，艾珍媽咪完成了一幅作品之後，看見在旁邊睡得十分香甜的咪咪，忍不住就動筆將牠安祥可愛的睡姿畫了下來，為這個最佳模特兒留下永恆的紀念。

野貓習性導致病入膏肓

屬於金吉拉品種的咪咪，毛色是金黃色的，很像是一隻小狐狸。艾珍媽咪房間外有個小陽台，咪咪常常在陽台那邊抓蝴蝶、飛蛾玩，陽光灑在牠全身蓬鬆金黃的毛上，顯得更加閃亮耀眼，飛躍而起，彷彿是渾身充滿陽光氣息的小天使！

鄉下地方蝴蝶、飛蛾很多，咪咪很會抓，只要這些小飛蟲稍微飛低了一點，就絕對逃不過牠的掌心；每回咪咪相中目標，立即騰空跳起，「啪！」一掌抓住，準確度高達百分之百，有時連艾珍媽咪想要去搶救都來不及。

蝴蝶、飛蛾被咪咪抓住的下場，通常就是進了牠的五臟廟，由於抓住獵物再一口吃掉是貓特有的習性，所以，艾珍媽咪當時並不以為意，也沒有特別去禁止。

沒想到，過了幾個月，咪咪就開始狂吐不止，艾珍媽咪和歐陽爸比著急地帶牠去獸醫診所，獸醫診所的醫生診斷咪咪會這樣子嘔吐的主因是肝中毒。肝中毒？那該怎麼辦呢？艾珍媽咪焦急地問醫生，由於那個獸醫診所的主要看診對象是狗，對貓的嚴重症狀他們較無能為力，因此，醫生就幫忙轉介到台北市植物園附近的一家對貓較有研究的動物醫院去看診。

動物醫院的醫生替咪咪仔細診療後表示，已經肝中毒非常嚴重的咪咪需要每天都來醫院打排毒針。醫生問艾珍媽咪都給咪咪吃些什麼？為什麼牠會肝中毒呢？艾珍媽咪狐疑地回答：「我們一向都給牠吃飼料，並沒有特別餵牠吃些什麼啊？」

說完，艾珍媽咪猛然想起咪咪愛抓飛蟲的習性，就問醫生：「有沒有可能跟牠喜歡抓蝴蝶、飛蛾有關？」醫生拍案認同：「對！就是這個原因！」艾珍媽咪充滿疑惑：「外面野貓都是這樣子啊！牠們捕捉和吃掉這些昆蟲也都安然無恙，這就是貓的天性啊！怎麼咪咪就會肝中毒呢？」醫生解釋：「因為外面的野貓或一般的家貓，牠們的肝臟都比較大，排毒功能較強。但是這種進口貓或純種貓，像金吉拉、波斯貓等，肝臟生得比較小，所以牠們的排毒功能都很差，需要特別被呵護，只能養在屋子裡面，除了乾淨的飼料和水之外，不能隨便給牠們吃其他的東西。」

艾珍媽咪這才恍然大悟，原來咪咪生來嬌貴命，需要留心餵養，不能讓牠像野貓、野狗那樣自由自在、亂吃一通，否則很快就會病入膏肓啦！

為了治好咪咪的病，艾珍媽咪每天開車從深坑帶牠來台北打排毒針，雖然那時家裡的經濟情形已經每況愈下了，可是，歐陽爸比堅持要救活咪咪，所以，光是咪咪的醫藥費就花了很多錢，讓原本已經刻苦的家計更加沉重了。

然而，打了一陣子排毒針之後，咪咪終究還是撐不住，仍然往生了。

女兒一語驚醒夢中人

咪咪的離去，讓艾珍媽咪和歐陽爸比哭腫了雙眼，歐陽爸比甚至一度坐在他常抱著咪咪看電視的客廳沙發上，哭到差點兒喘不過氣來，讓艾珍媽咪很擔心他會高血壓。當然艾珍媽咪心底的難過也不在話下，但由於那時她已經學佛了，所以，難過歸難過，她尚能平撫情緒，每天睡前都會為咪咪唸上一遍《大悲咒》。

反觀當時唸小學三年級的女兒歐陽靖，對咪咪已經不在身邊的事實卻很坦然，艾珍媽咪未曾看過她為咪咪的死去掉一滴眼淚，每天還是照常上下學、寫功課，生活作息一切都沒改變，似乎對咪咪的死去全然無動於衷。

由於咪咪生前是養在艾珍媽咪的房間裡，晚上就跟著她和女兒睡在一塊兒，而且每天都是小姊姊餵牠吃飯，彼此的情感可算是相當親密，因此女兒在咪咪死去後所表現出來的態度，讓艾珍媽咪覺得十分詫異，不免有些感慨女兒的無情。有一天，艾珍媽咪一如往常為咪咪誦經之後，忍不住問在一旁沉默不語的女兒：「我覺得你好像很無情耶，咪咪生前天天和你那麼親密的相處在一起，為什麼牠死的時候，我都沒有看你掉過眼淚？感覺好像什麼事情都沒有發生過一樣？」

女兒看了看艾珍媽咪，輕聲說：「媽媽，我不是無情。」她馬上舉了一個例子：「媽媽，您知道嗎？我在學校如果看到同學抓到毛毛蟲，幾乎都會用『求』的態度拜託他們把毛毛蟲交給我，然後我再把毛毛蟲帶到草叢、花園裡面去放掉；可是，當我放掉毛毛蟲後，就再也不會去想牠了。」

艾珍媽咪聽了女兒的話後，猶如當頭棒喝！女兒接著說：「家裡這些小動物，牠們在活的時候，我都有用愛心照顧牠們、陪伴牠們哪！可是，當牠們死了以後，我就算哭得再傷心，牠們也回不來呀！所以，只要生前我都有照顧到牠們就好了。」

不是麼？女兒說得沒錯，生前把握住相處的緣分，盡了照顧牠們的責任，的確比死後再為牠們哀痛欲絕還來得重要。「珍惜當下，懂得放下」，這才是面對動物生、老、病、死的正確態度。

真是一語驚醒夢中人！艾珍媽咪覺得很慚愧，雖然自己標榜是吃齋唸佛的佛門弟子，居然連「放下」都做不到，遠不及一個小學三年級、十歲大的孩子！

艾珍媽咪擁抱女兒，笑著對她說：「小菩薩，謝謝你的開示啊！」女兒報以純真慧黠的笑容。

女兒的一席話，對艾珍媽咪的影響深遠，不僅改變了她面對生死的觀念，也使得她這位佛門弟子不再拘泥於讀誦經文，而是懂得更加深入地去探究佛法的意涵；艾珍媽咪更感謝開啟這段智慧因緣的咪咪，讓女兒能夠給她一個這麼大的啟示。

女兒的話同時也更影響了她與歐陽爸比的婚姻生活，從此以後，兩人更加珍惜彼此成為夫妻的緣分，把握相處的每個當下。

夫妻生前恩愛，生後無憾

由於飼養流浪動物的開銷越來越大，家庭經濟也顯得越來越拮据，然而，不管家庭環境變得多麼困苦，艾珍媽咪和歐陽爸比依然恩愛如昔，無話不談的兩人常常晚上一聊就聊到天亮，更能為共同的目標而奮鬥；有時，當兩人相擁在客廳看電視時，女兒就會擠進兩人中間當「電燈泡」，三個人和樂融融地窩在一塊兒。所以，那段背負沉重經濟壓力的日子，縱使過得辛苦，但從來沒有「貧賤夫妻百事哀」的感傷，一家三口感覺仍舊甜蜜。

當歐陽爸比撒手人寰的時候，女兒才十一歲。許多人在摯愛的親人離開人世時，都會懊悔的表示，如果自己當初如何、如何就好了……言語間總充滿了悔不當初的遺憾；但艾珍媽咪每次提起歐陽爸比，回想起生前與他相處的點點滴滴，卻覺得全然沒有遺憾，因為他們懂得珍惜夫妻相處的緣分，一直都是鶼鰈情深，而歐陽爸比的離去，只當是兩人今世夫妻的緣分盡了而已……

因為生前懂得珍惜當下，所以死後才能了無遺憾，艾珍媽咪也才能夠妥善地處理歐陽爸比的後事，並很快地從喪偶的傷痛中恢復，而當時年僅十一歲的女兒，在歐陽爸比走的時候，也表現出超乎年齡的成熟智慧，更一路陪伴艾珍媽咪，成為她最重要的心靈支柱。

【動物小百科】金吉拉（Chinchilla）

◎原產地：英國。

體態：毛色為銀色或黃金色，下巴、腹部、胸部及耳毛為純白色，背部、肋腹、耳朵和尾部則細緻而均勻地分佈著黑色毛尖，鼻線、眼線、唇線三者俱全是最大的特色，碧綠色或藍綠色的眼睛、磚紅色的鼻子，配上黑色的框線，並有黑色的腳掌。

◎特點：金吉拉原指南美洲的一種小絨鼠，因為酷似此一小絨鼠而得名，是以人工育種技術培育出來的波斯貓種，個性溫和但有個性，喜愛親近人，愛乾淨有潔癖，是相當熱門且受歡迎的貓種之一。

偷渡怪喵VS勤務兵

在咪咪之後，艾珍媽咪又收養過不少隻貓，有一隻名叫「卡滋喵」的老貓，令她印象相當深刻。卡滋喵是一隻偷渡客，有一天歐陽爸比開車到市場買東西，後來總覺得車上後座底下有時有一種怪怪的聲音……恐怖喔。幾天後發現後座底下居然有一隻小貓，趕快叫艾珍媽咪來抓（媽咪是家中的抓動物大隊長），原來是爸比那天下車時沒關車門就被牠爬上車偷渡了，但是這幾天是怎麼活的啊？原來車上備有狗飼料以便隨時餵路邊的流浪狗，而這輛破車因為會漏水，所以在後座底下都有積水，因此只有三個月大的貓咪有吃、有喝，還挺爽的。因為牠的叫聲很特別，一般貓咪的叫聲聽來是「喵喵喵」，牠的叫聲聽起來則是「喵ㄚ喵ㄚ」，因此，艾珍媽咪常管牠喊「喵ㄚ咪」（請發重音）。

這隻卡滋喵與阿娜達剛生的九隻小孩一起成長，本來卡滋喵可以逗弄這群傻呼呼的小獒犬，但是一個月後這群小狗長得飛快，反而被牠們搞到滿身口水溼答答，更常常被牠們壓在地上動彈不得，嚇得保持距離再也不跟牠們玩了。卡滋喵選擇在高處活動或緊跟著艾珍媽咪最安全，後來跟隨媽咪及姊姊搬回台北娘家，成為台北家中貓狗的長老。台北娘家除了阿娜達住在旁邊的廟裡，家中又陸續增加一隻小狗和兩隻貓咪。

貴賓犬「譚阿福」是艾珍媽咪在幾年前的年節期間，與朋友相約到石門水庫遊玩時所撿到的，當時這隻貴賓狗耳邊毛髮還染了桃紅色，並且擦了

同色系的指甲油，是一隻打扮入時的漂亮貴賓犬。但是，如此漂亮的名犬卻在那裡的大停車場慌張地跑來跑去，看著這隻精心妝扮的貴賓犬，艾珍媽咪知道原飼主應該也非常疼愛她，絕非惡意棄養，此刻可能正心急如焚地找尋牠。

於是，艾珍媽咪問遍了附近的商家，他們說已經看到一整天了，大停車場中走失的小狗要怎麼找主人啊？後來帶牠去獸醫院仔細掃描晶片看看有無線索，可惜漂亮的貴賓狗並無植入晶片，而且是隻大約七歲多的狗兒，雖然很想要將狗兒物歸原主，無奈遍尋不著，儘管主人及老狗都很著急，但是沒有晶片登記就像斷了線，送不回去了。

恰巧艾珍媽咪的母親譚婆婆幾天前提起想養一隻白狗，於是，艾珍媽咪也就收容了這隻貴賓犬，譚婆婆開心地將牠取了一個聽起來好像家中總管的名字——譚阿福，宣稱阿福是她的勤務兵，阿福從此也就陪伴著譚婆婆。

艾珍媽咪笑著說：「阿福很貼心又很聰明，對咱們家還有救命之恩呢！」由於譚家的房子是長型的，房間在前頭，走到最後面才是廁所，有一次，天才矇矇亮，全家人都還在睡夢中，譚婆婆起床如廁，不小心在廁所摔倒了，躺在地上動彈不得，她喊叫著艾珍媽咪，但在前面房間沉睡的艾珍媽咪根本聽不到婆婆喊叫聲，於是，婆婆對跟著在一旁吠叫的阿福說：「快，阿福，快去叫媽咪！」阿福聽懂婆婆的話，立即跑到艾珍媽咪的房門口狂吠，將艾珍媽咪從夢鄉喚醒，媽咪開門準備罵阿福時，聽到老媽的聲音，趕忙跟著阿福到浴室，扶起摔得四腳朝天的譚婆婆。

「哎呀！多虧了阿福的幫忙！」阿福適時的幫助讓譚婆婆讚不絕口，摟著阿福直嚷：「真是盡責的勤務兵，外婆真是沒有白疼你喔！」

還有一次，時逢寒冷的多天，艾珍媽咪在後面房間做事，聽到阿福在客廳大聲吠叫，正忙碌著的艾珍媽咪原先不想理會牠，但因為阿福越叫越急促、越大聲，她也就起身到客廳查看，這一看，哇！不得了了！客廳裡電暖爐的電線走火啦！陣陣濃煙已從客廳冒出，空氣中飄散著焦味，整個電器插座都已經燒得融化了！艾珍媽咪緊急處理，也立刻找人汰換掉老舊房子的電線，確保自家生命安全，她衷心感謝阿福挽救了一場災難。

阿福與卡滋喵的感情非常融洽，這一貓一狗常是形影不離。只要天氣寒冷，艾珍媽咪就會去找紙箱來給阿福做窩保暖，而卡滋喵只要阿福有了窩，就一定到上面躺著睡覺，但牠沒有想到自己是隻體重重達八公斤的大肥貓，所以，經常壓垮紙箱，弄得阿福總是提心吊膽的無法安心睡覺，深怕自己一不小心就會被「從天而降」的卡滋喵壓扁。

然而，阿福所擔心的慘劇還真的發生了！那天，兩隻小動物各躺在上下層睡覺，紙箱承受不住卡滋喵的重量，瞬間垮下；幸好早有心理準備的阿福反應很快，即時跳開，無奈地瞪著眼看著依然悠哉的肥貓。

卡滋喵的脾氣與身形一樣「大」，是隻「恰北北」的貓咪，不管是何方神聖，只要不小心惹毛了牠，準會被牠兇一頓，但是又恰又好命。艾珍媽咪曾經觀察卡滋喵一天的生活，發現牠的生活真的很單純，每天無所事事，整天幾乎就是吃飯↓睡覺↓發脾氣↓吃飯↓睡覺↓發脾氣，週而復始，而卡滋喵一直活到十多歲，也是晚上吃飽後睡到天亮就永遠睡個夠了。

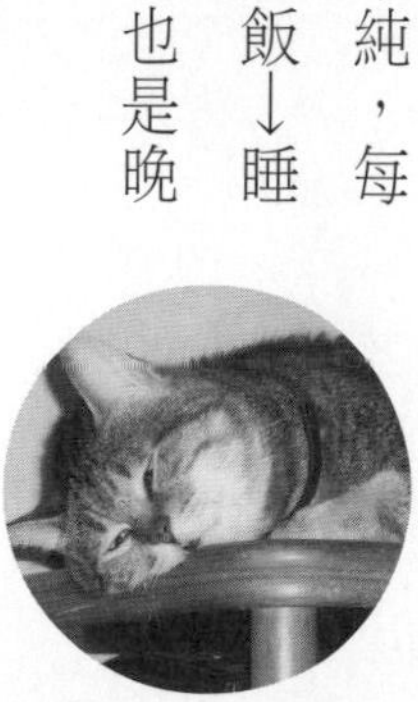

當時家中除了肥喵老狗又陸續多了兩隻喵咪。在一個暑假的早上艾珍媽咪去彩排舞台劇《絕不付帳》，走到巷口時看到地上好像有隻髒髒的小老鼠在爬，還來不及看清楚，竟然聽到微弱的喵喵聲……天吶，是一隻喵貝比啊，出生最多不到十天的小喵咪應該是野貓媽媽搬家時給弄丟的吧？就從那天起，只有手掌心大小的小喵咪每天帶著專用奶瓶尿布跟著艾珍媽咪到表演工作坊排戲，大家輪流餵奶把屎把尿，蕭艾阿姨建議別叫阿狗阿貓的，應該取個「學名」正式一點，討論的結果就叫「譚曉莉」。

曉莉是一位驕傲又機車還奸巧的姊姊，因為半年後牠多了一隻膽小的笨弟弟「譚大寶」。

大寶大叔

記得撿到大寶的那天已經快到農曆新年了，艾珍媽咪正在東湖國小舉辦流浪動物歲末認養活動，由於正逢寒流來襲，氣溫不到十度，因此，所有等待認養的流浪動物們全都用保溫燈來保暖。

由於認養人潮踴躍，艾珍媽咪從早上一直忙到中午才稍事休息；突然，她瞥見學校附近雜貨店門口前有隻瘦弱的小貓咪，直挺挺地坐在那兒，一動也不動。艾珍媽咪走進雜貨店，詢問雜貨店老闆小貓咪的主人是誰？老闆回答：「我不知道啊，早上我開店的時候，牠就已經坐在這裡了，一直坐到現在。」艾珍媽咪望著這個可憐的小東西，起了惻隱之心，將牠拎了起來，但是小貓咪在半空中仍然維持一貫的坐姿，硬梆梆的就像個標本，原來牠坐了一上午已經凍僵了。艾珍媽咪馬上向雜貨店老闆買一條毛巾，裹住這隻小貓咪揣入懷中，並趕緊將牠帶給活動現場的獸醫檢查，獸醫表示：「這隻貓已經失溫了，不一定能救得活，我只能努力試試看。」當天活動結束後，獸醫就將小貓咪帶回診所照顧。牠的體溫仍然很低，又腹瀉不止，醫生只能持續為牠打營養及消炎的針藥，盡力搶救小貓咪的性命。

由於當時馬上就要過農曆年了，即將返鄉過節的獸醫無法留下來照顧這隻貓咪，因此，他給了艾珍媽咪十天份的針藥，囑咐她早晚按時施打，若小貓咪能熬過這段期間，就可算是度過危險期了。

在整個年節期間，艾珍媽咪幾乎將所有的心力都耗費在小貓咪身上，她不但每天早晚按時施打針藥，還一滴一滴地灌食葡萄糖水等流質飼料，並細心沖洗不斷因腹瀉弄髒的小屁股，一心只期待小貓咪能安然度過危險期。幸好，十天份的針藥打完，小貓咪不但依然健在，也已經可以進食了；艾珍媽咪還特別買了腹瀉貓咪專用的罐頭食品來調理小貓咪的腸胃，希望牠能早日恢復健康的模樣。

原本艾珍媽咪打算等小貓咪身體復原，就為牠尋覓新主人，因為這時家裡已經養了卡滋喵，阿福及曉莉。可是，身體日漸康復的小貓咪，開始每天跳到電腦桌上看著大姊歐陽靖打電腦，牠從不打擾工作中的阿靖大姊，但只要靖姊一停止動作，牠就立刻把頭靠過去，一直對靖姊磨蹭撒嬌，使得靖姊心生不捨，主動開口問艾珍媽咪：「我可不可以把牠留下來？因為我覺得牠好像跟我很親耶！」

家裡養過那麼多小動物，動物們來來去去的，女兒阿靖從來沒有開口要求將任何一隻要送走的小動物留下來，這回可是頭一遭哪！想當然，艾珍媽咪也就二話不說的決定將小貓咪留下來了。

而譚婆婆也非常喜愛這隻小貓咪，因為每次她對著小貓咪講話，小貓咪也會喵喵回應，說一句回一句就像跟婆婆聊天似的，所以，譚婆婆欽賜牠名為「譚大寶」，職位是「弄臣」。

然而，自從決定留下大寶之後，大寶再也不像先前那樣黏著靖姊了，反倒開始百般討好譚婆婆，不管婆婆走到哪裡，牠就跟到哪裡；婆婆一開口，牠就立即大聲喵喵回應；只要婆婆坐在太師椅大喊著：「來，大寶，過來，給我靠腳囉！」牠就乖乖跑過去窩著，任由譚婆婆把腳擱在牠的身上。

大寶的改變一度使女兒心裡不平衡，直嚷著：「牠太聰明、太現實啦，決定把牠留下來以後就不理我了，因為牠知道家裡最大的人是外婆，現在都只會討好外婆啦！」

不過，大寶能夠博得譚婆婆的歡心，除了牠「狗腿」的表現外，守規矩也是牠討人喜歡的關鍵因素，相較於家中其他的貓和狗：卡滋喵很會搞破壞，常把家具和牆壁抓得傷痕累累，還會常常在洗衣籃子裡大便，阿福則會到處亂大小便，搞得家中時常得大掃除；曉莉在人前總是優雅地坐在佛台邊當「虎爺」，但是在人後就會使壞，叫力氣大的笨弟弟大寶幫忙開鞋櫃讓曉莉咬鞋子，而大寶除了偶而被利用外，從來沒有規矩教育上的問題，牠會使用固定的抓板磨爪子，會乖乖在貓沙盒裡解決生理問題，如果有什麼不妥當的行為，只要對牠說：「不可以喔！」大寶下次就不會再犯了。家裡養了隻這麼聽話的貓咪，譚婆婆當然疼愛異常，甚至有時面對屢教不聽的卡滋喵、阿福和曉莉生氣地說：「家裡這三隻教不來的狗跟貓通通丟掉好了，只留大寶下來就夠啦！」

極獲寵愛的大寶，每天就在艾珍媽咪家裡安逸度日，日漸成長茁壯，從剛來的小不點，長成碩大的大肥貓。靖姊每次抱起沉甸甸的大寶，就忍不住犯嘀咕：「都是外婆亂取名字啦，當初那麼小一隻的貓咪，怎麼給牠取名叫大寶？結果真的變成這麼大一隻啦！」而大寶的飼料碗永遠都不許空著，每次看到艾珍媽咪準備要出門，牠就急著黏在腳邊一直喵喵叫，別誤會，此刻牠並非捨不得艾珍媽咪出門，而是深怕她出門前忘了補充食物和飲水，當牠親眼看到艾珍媽咪將牠的食器都裝得滿滿了以後，也就安心躺下不理人了，成貓之後重達九公斤。

可別看大寶的個頭極大，但牠的膽子可是極小，完全和身材不成正比呢！牠什麼都怕，是一隻很怕高的貓，高度只要超過餐桌就「皮皮挫」，更怕出門，有一次用貓籠帶牠去看醫生，到醫院才發現不但「挫」到尿了一地，居然連牙齒都緊張地咬斷了。牠最最怕打雷，一遇到打雷的情形，大寶可是會立即演出「打雷三壁曲」：第一步，匍匐前進去面壁；第二步，縮到後面牆角去頂著壁；第三步，就躲到艾珍媽咪的床底下去躲避啦！

或許是從小都在女人堆中混大的關係，加上已經成為一隻「太監貓」，大寶非常排斥男性訪客，只要家中有客人來訪，牠絕對先一溜煙地逃離現場，再躲在暗中偷偷觀察，直到牠確定來訪者是女性，才願意再度現身；但如果訪客是男性，無論再怎麼威脅利誘，大寶說什麼也不願意出來亮相……貓咪竟然會辨識男女？很有趣吧？艾

珍媽咪想，不知道哪天家裡如果來位美麗的變性人，那麼，大寶的反應不知會是如何？從小除了膽小之外牠算是「淡定懶貓」，家人用逗貓棒逗到手都要抽筋了，大寶只斜眼瞄你一下掉頭就走，搞得拿逗貓棒的人彷彿白癡一般，牠更討厭阿福在面前不停跑

來跑去，阿福還因此常常被大寶貓拳「碰碰碰」打到唉唉叫。

由於艾珍媽咪經常外出工作，家裡常只剩下譚婆婆一人與卡滋喵、阿福。譚婆婆常感慨：「唉，家裡就我一個老太婆和三貓、一狗，咱們整天大眼瞪小眼的。」牠們這樣陪著譚婆婆許多年，直到譚婆婆搬去大陸與兒子生活的隔年，兩隻老的阿福及卡滋喵都在睡夢中圓滿這一生了。優雅的曉莉因為原本就瘦弱，隔年感冒後也投胎轉世去了。

家中乖巧安靜的大寶雖然是譚老佛爺的太監，但一直是靖姊最溫

暖的精神依靠，靖姊不論是身體不舒服或心情低落，有任何委屈或考驗只要抱著大寶就得到莫大的安慰。靖姊每天幫牠拍照，不管做任何搞笑造型大寶都配合，以人類年齡來算大寶已經算大叔了，靖姊為大寶設立facebook，將搞笑大叔照片貼上，竟然有了三千多粉絲，大家留言說心情不好時看到大寶大叔會「撲哧」笑出來。有的人說看到大寶就會想要回家看看阿公……沒想到牠也成為療癒系貓咪了。而牠發揮最大的療癒對象是阿靖大姊，如果沒有大寶陪伴阿靖姊，被憂鬱症困擾的那幾年就真的是黑白人生了。

由於這層親密姊弟情讓阿靖姊每天照顧胖弟弟的生活形影不離，有一次艾珍媽咪到外地錄影，當晚阿靖姊睡到半夜彷彿聽到房間有男人沉重的呼吸聲音，而且就在床邊……天啦！有歹徒怎麼辦？阿靖姊完全

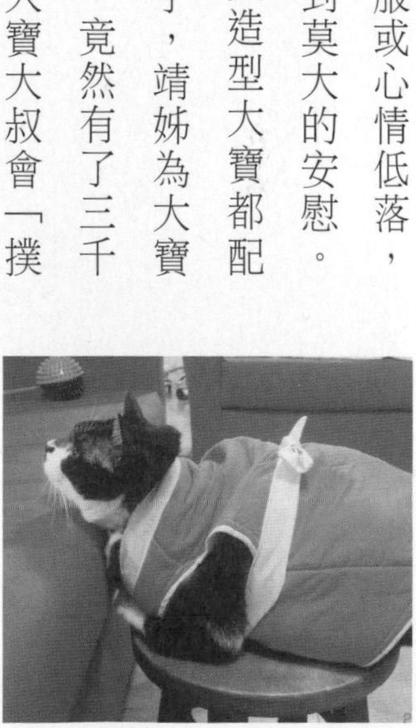

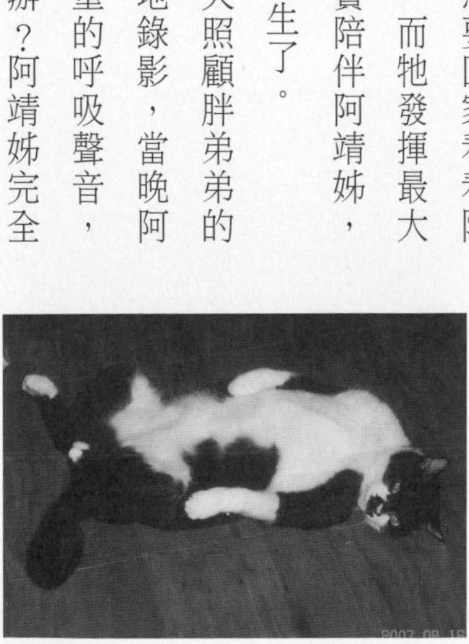

不敢動，靜觀其變吧，但是等了一段時間怎麼聲音依然存在卻無任何動靜，阿靖姊勇敢地跳起來衝到門邊開燈一看……是譚大寶躺在床邊酣睡並同時發出中年男子般的呼聲……ㄚ～ㄚ～ㄚ～～

呵呵，與動物相處的箇中趣味，真是說也說不完哪！當然，所有付出真心去愛護並照顧動物的人一定能夠體會得到囉！

所有的緣分總會有結束的時候，有一天半夜大寶大叔突然無法呼吸，伸出的舌頭都變成紫色，露出驚恐的眼神，嚇壞了媽咪與靖姊。心急的姊姊直流眼淚，艾珍媽咪畢竟見多了一些危急狀況，馬上讓大寶躺下、頭墊高，輕聲念佛撫摸大寶的背部幫牠順氣，過了一會兒呼吸比較平順時趕快直立抱著將牠送急診。經過一連串的詳細檢驗，從X光看出牠的肺部一片白，能呼吸的空間只有五分之一，所以只好把牠暫時留在高壓氧病房吊點滴，視狀況再做更詳細的檢查。

住院期間阿靖姊每天跑好幾趟去安撫弟弟給牠加油，四天後醫生確定大寶得了肺癌，而且肺部快速被癌細胞覆蓋，只剩下不到二十分之一的呼吸空間，如果快的話就是這兩天了，看我們是否要帶回家等待，真是天人交戰啊！很想把牠接回熟悉的家，但是看到牠無法呼吸時的恐懼又心痛……艾珍媽咪告訴姊姊與其讓牠面對死前無法呼吸的恐懼慌張，還是在媽咪及姊姊的懷抱中請醫生幫牠安詳地離去？母女倆內心掙扎後選擇讓牠最舒服安心的方式，當然醫生肯定這是最好的方式，安排一個單獨的房間讓我們做最後的相處與祝福。

艾珍媽咪忍住悲傷，與靖姊將大寶送到動物火葬場。也許是奇妙的因緣，竟然排到動物火葬業界有名的阿伯，這位老阿伯會默默地為動物誦念佛號，直到撿骨灰時也不斷地祝福，更細心地處理一小片一小片骨灰。他說不要小看動物，因為在生生世世的修行中有的寵物層次比主人還高。阿伯仔細地找出大寶的九粒舍利子，其中一粒半圓，一粒已經成花，阿伯也給我們上了如何辨識的一課，分享他幾十年來的經驗，他說大寶如果不是前世有在修，就是今生非常乖。第二天清晨帶著遇水就化開的骨灰罐到八斗子海邊，遙望和平島外海歐陽爸比海葬的區域，將今生的大寶隨浪花而去。

【艾珍媽咪的小叮嚀】

人類的壽命通常都比動物來得長，養寵物不免會遇到牠們生老病死的情形，特別是當心愛的寵物往生時，主人常會哀慟不已，這時就要懂得「放下」，學習把握當下，凡事盡心盡力，對動物如此，對人亦是如此，此生就不會徒留遺憾。

剪不斷動物緣分的艾珍媽咪

剪不斷的緣份

雖然艾珍媽咪與這些動物孩子們有這麼深的緣份，也在相處之中有著難忘的酸甜苦辣，更因為在這些過程中體悟到動物跟人類一樣有平等的生命價值。

但是不可否認，這段日子還真的是過得非常辛苦，辛苦到很怕再回到從前，甚至曾經想過要當動物保護界的逃兵。為什麼呢？

其實，所有與動物相處過的人，都會說跟動物在一起互動的感覺是很快樂的，因為那是一種非常「真實」的感覺，因為動物的情緒是最直接的，喜怒哀樂是最沒有掩飾的，常聽到很多人說「對人性很失望」，但是還不曾聽過有人說「對動物性很失望」吧？

艾珍媽咪憑良心說，她這一生最快樂的日子也是與動物一起生活的那段時光。既然如此，為何艾珍媽咪會怕回到養動物的那段日子呢？因為不管怎麼樣的費力、費神、花費金錢，但是被人類遺棄，被人類傷害受著苦的動物還是這麼多，好像永遠救不完似的。艾珍媽咪是被自己內心那種無力與無奈感影響，而害怕回到從前。艾珍媽咪在慈濟當志工的初期，甚至曾經逃避地想：只要做慈濟管「人」的事就好，不要再管「動物」的事了……後來，艾珍媽咪真的是很懺悔。

因為全球的慈濟志工從人類到動物一直延展至地球環境都是在關懷的，除了濟貧救難，更重視的是教育。如果，將人的心念調整為正確的觀念，各種社會問題自然就減少了。所以慈濟不斷地透過宣導教育，呼籲大家一起來關懷這個世界的人事物。

艾珍媽咪也在學習中覺悟到，其實每個人來到這個世間，都有著不同的能力與任務，順著「緣份」認真的付出才是正確的人生觀。

像艾珍媽咪就是與「動物」有著很密切的奇妙「緣份」啊！

當艾珍媽咪所有的動物孩子都生命圓滿後，家中只剩下肥貓「大寶大叔」一隻寶貝了。而艾珍媽咪除了支援一些公益團體的活動志工外，就是忙著拍戲錄節目，也真的沒有時間與其它動物接觸。可是，難忘的緣份與啟示靠近了艾珍媽咪。有一次媽咪在陽台曬衣服時，看到幾隻大蜜蜂忙碌地飛進飛出，媽咪抬頭順著一看，哇！陽台角落已經有了一個如壘球大小般的蜂窩，媽咪覺得這些大蜜蜂真笨ㄟ，似乎找錯地方築窩了，要趁著牠們的蜂窩還沒做大時，快快把牠們驅離吧！艾珍媽咪拿著殺蟲劑在蜂窩的周邊外圍噴灑，不敢直接噴灑蜂窩，希望不要傷害到牠們，只要把牠們趕走就好。但是，第二天大蜜蜂依然忙碌地在原地築窩，媽咪又對著周邊噴了殺蟲劑。第三天……第四天……怎麼大蜜蜂不但不怕殺蟲劑，短短幾天，蜂窩反而築得更大了，就像一只小躲避球般的大小，牠們真是太有效率了吧！艾珍媽咪也決定要明確告知大蜜蜂請牠們搬家，媽咪搬了一架鋁梯子站上去，一手拿雨傘擋著，一手拿殺蟲劑，靠近地對著大蜜蜂表明請牠們搬家，然後對著蜂窩噴灑，這次大蜜蜂被殺蟲劑噴到了，但是，只有稍微驚擾了一點點之後，無視這位傻媽咪的存在，又繼續忙碌地工作了。等到傍晚，女兒歐陽靖從外地工作回家後，看到這個奇怪的蜂窩，也爬上梯子靠近地拍了照片，上傳到Face book請教大家「這是啥？」馬上就有人回言，大罵：「你們是白癡啊？

這是虎頭蜂，竟然敢噴殺蟲劑，不想活了？還不報消防隊來摘除！」這下艾珍媽咪嚇得快打一一九……哇！「好里加在」這幾天一個人在家時沒有被虎頭蜂咬到啊！不然「資深藝人死在陽台，但死狀可疑……一手拿著雨傘，一手拿著殺蟲劑……」啊呦～新聞報出來時，這種畫面真是丟死人了！艾珍媽咪趕快關上門窗，等待消防隊來處理吧！

不一會兒，三位消防隊員帶著裝備到陽台處理，原以為他們會用網子摘除，但是因為蜂窩沒有很大，消防隊弟兄就直接用火槍噴，才幾秒鐘就把蜂窩給燒了。雖然虎頭蜂很危險，但是看著牠們活活被燒死，愛護動物的艾珍媽咪真是痛苦難過極了，好幾天吃不下也睡不著，畢竟牠們也是生命啊！

為了了解虎頭蜂為什麼會在都市的民宅築窩，歐陽靖上網請教專家，推斷艾珍媽咪家在市區靠山的旁邊，附近是低海拔山區，本來就曾有虎頭蜂的活動。而虎頭蜂最喜愛水果發酵及烤肉的味道，因此山邊的烤肉區及郊區步道都會有警告虎頭蜂出沒的標語，其中一項是「吃水果及食物，如有蜂靠近，盡快收拾。」這下子讓媽咪想到原因了，因為在陽台靠角落有一大盆蔬果廚餘堆肥，有時候媽咪偷懶沒有馬上用土掩埋水果皮，都是直接先放在陽台鐵架上，等有空時再處理……啊呀！原來水果發酵是虎頭蜂的最愛，難怪虎頭蜂窩就築在堆肥盆子的上方啊！媽咪以後再也不敢偷懶了，水果皮馬上處理掩埋，堆肥的盆子也要蓋緊。

至於為何媽咪沒有被虎頭蜂攻擊呢？除了運氣好之外，主要是當時虎頭工蜂們都忙著趕築窩，因為再等一個月，大蜂巢建築好之後，蜂后就要進駐產卵了……嘿！嘿！到時候方圓一百公尺內會移動的生物就難逃一劫啦！而最危險的莫過於住在正對面，常常在陽台上沒穿上衣走來走去的男大學生了，這不就成為「虎頭蜂的菜」了嗎？真是很危險啊！雖然為了大家的安全不得不請消防隊去除蜂窩，但是，艾珍媽咪還是非常難過，這時一位卑南族攝影師安慰愁眉苦臉的媽咪說：「阿母！不要難過啦～你不處理牠，牠就要處理你的哪～」。艾珍媽咪只好每天誠心地祈禱，對著犧牲的虎頭蜂懺悔……懺悔……好久，好久才平復。

艾珍媽咪家的陽台真奇妙啊！在虎頭蜂事件之後，大約一個多月，媽咪竟然在陽台種植的川七爬藤上看到了一個綠綠的小鳥窩，媽咪躡手躡腳地爬上梯子偷看，哇！有三隻無毛小鳥鳥ㄟ，牠們什麼時候把這兒當產房啦？這次媽咪和阿靖姊很小心喔！盡量減少在陽台的活動，只躲在對著鳥窩的房間內從窗戶向外偷偷地觀察，原來是綠繡眼啊！看到鳥爸爸鳥媽媽不停地飛進飛出餵食小鳥，艾珍媽咪就偷偷地在鐵欄杆上放一點鳥飼料，幫鳥爸鳥媽補充營養。也許牠們感受到媽咪沒有危險性，鳥爸鳥媽會站在欄杆上讓艾媽照相哦！媽咪也趁此機會在鳥窩下方欄杆的外面圍上細網，以防小鳥掉出來。這段期間，媽咪每天偷偷地觀察，三隻小鳥快速地長大，也有了絨絨地羽毛。

過了兩個多星期，艾珍媽咪與阿靖姊要出遠門，媽咪又小心翼翼地站在梯子上，輕聲地祝福已經大了許多的小鳥鳥。

等到一個多星期後艾珍媽咪回到家，趕快到陽台去看，此時已經「鳥去窩空」了，算算時間，小鳥已經長大可以離巢了。媽咪望著旁邊的森林，開心地祝福牠們平安幸福。

但是艾珍媽咪與動物的奇遇記，最特別的是發生在二〇一二年五月六日超級月亮的晚上。因為第二天中午艾媽要到大陸去拍戲，所以當晚九點多時媽咪就將垃圾先放到山邊的環保清潔車上。當媽咪放妥垃圾要離開時，怎麼在旁邊的地上有東西在動？低頭一看～啊呀！居然是一隻小貓頭鷹啊！這時聽到頭頂上有「咕～咕～」的叫聲，哇勒！一隻大貓頭鷹就站在樹枝上向下看。這種狀況讓艾媽聯想到電影《貓頭鷹王國》的情節，可能是鳥媽媽在訓練小鳥飛行吧，但是，傻傻的小鳥掉下來了，而鳥媽媽「咕～咕～」地叫著，是不是在說：「加油！快飛起來！」看來還是別干擾鳥媽媽牠們的教育吧！

艾珍媽咪快步地離開，走了大約三十多公尺的距離時，不放心的媽咪回頭看了一眼，嚇了一跳，有一隻野貓正在靠近小貓頭鷹，艾珍媽咪先鎮定地觀察，也許貓頭鷹媽媽會飛下來趕走野貓救自己的小孩吧？可是，野貓已經站在小貓頭鷹旁邊擺出攻擊的姿勢了，而小貓頭鷹根本不會飛，只是一直往後退，同時發出「嘎～嘎～」的聲音，貓頭鷹媽媽在樹枝上跳來跳去「咕

～咕～」地叫著……這時艾珍媽咪撿起一支樹枝大喊著衝過去，一手揮趕野貓，一手抓起小貓頭鷹，小心地抱在胸前，這下子該怎麼辦啊？

艾媽趕快找到正在巷口看「超級月亮」的鄰居來幫忙，他們回到樹下觀察，是否可以將小貓頭鷹放回樹上？抬頭一看，發現這幾棵樹木長得蠻大的很難爬。而且，周邊暗暗的又看不太清楚。艾珍媽咪感覺貓頭鷹媽媽應該很著急吧！因為牠在樹上「咕～咕～」叫著飛過來飛過去。同樣心急的艾珍媽咪和鄰居正在討論有何安全的方法時，樹底下已經來了五隻野貓正「虎視眈眈」地望著樹上，還有幾隻野貓急著想要爬上樹ㄟ……如此狀況，小貓頭鷹放回去不是非常危險嗎？

然而此時貓頭鷹媽媽已經悄悄地飛走了。艾珍媽咪低頭一看——啊哩！小貓頭鷹居然閉著眼呼呼大睡啦！媽咪這下可傷腦筋啊！因為已經晚上十點了，明天要出國的行李也還沒收拾，而懷中這隻小傢伙該怎麼辦呢？鄰居說他不懂照顧、無法幫忙，媽咪只好把小貓頭鷹抱回家吧！先用一只鞋盒子在裡面鋪著毛巾，上面再放幾片樹葉（這樣比較有野外的ＦＵ），將這隻還不會飛的小貓頭鷹放在鞋盒內休息，然後再用吸管慢慢滴水餵牠喝，小傢伙可能又怕又餓吧，咕嚕咕嚕地大口喝水，害媽咪都來不及餵。阿靖姊說這麼小的領角鴞（貓頭鷹）應該要餵肉漿才行，媽咪對小貓頭鷹說：「抱歉啦！我們家吃素，只有豆腐漿，明天再想辦法吧！」艾珍媽咪一個晚上一邊整理行李一邊照顧這位不速之客，有時就對著牠輕聲罵：「這種時候讓我遇到你，真愛找麻煩啊！」沒想到小貓頭鷹聽到媽咪碎碎唸的聲音就眨眨眼——閉眼睡覺，等到媽咪唸完，牠又睜開大眼睛盯著媽咪看，真是可愛哦！

第二天一早艾珍媽咪就將小貓頭鷹交給動物園之友協會的阿霞阿姨幫忙轉給台北野鳥學會照顧。而阿靖姊也拍了好幾張照片貼上網，如果民眾撿到野鳥一定要交給保育單位，絕對不可以私自飼養，尤其是這種台灣特有種鳥類「領角鴞」，這可是第一類保育野生動物，私自飼養是犯法的喔！

一星期之後艾珍媽咪回到台灣，馬上打聽小貓頭鷹的情況，據說，這隻小貓頭鷹比同齡的幼鳥發育小很多，算是一隻「小不點兒」，也許是被其他兄弟姊妹擠出鳥窩的。不過，「小不點兒」的身體很健康，野鳥學會的志工會暫時在野鳥的中途鳥園細心照顧，並且訓練牠適應野放，等牠長大一些再看看狀況，評估適合的氣候及地點再進行野放。在中途鳥園中有好多隻準備野放的貓頭鷹，雖然牠們個別帶著腳環，但是，外型都長得很像，也分不出來哪一隻是「小不點兒」了，而且為了要野放，所以也不會讓牠們接近人類，畢竟，將來在野外生存，保持警覺及野性是非常重要的。

這種奇遇真的很奇妙，能在都市的山腳下與小貓頭鷹相遇，更讓艾珍媽咪了解自己與動物的緣份，也會珍惜這種緣份的。在不斷的經驗中

學習，更體悟到不管外在的考驗多大，環境多麼的辛苦，一定要保持一份快樂的正向能量，用好的能量做正確的事——做就對了，這才是「歡喜做，甘願受」的境界啊！

艾珍媽咪會一直做一個宣導愛護動物的志工。女兒歐陽靖也投入了宣導的工作，與愛護動物的年輕人規劃參與各種宣導活動。母女倆常常會一起討論分享，針對不同的年齡層，透過不同的方式持續地宣導「以領養代替購買，以絕育代替撲殺」，更會向許多令人尊敬的動物保育人士學習，大家一起呼籲「尊重生命，保護環境」。因為，在這個地球上人類只是一小部分的生物，但是，又是破壞力最大，建設力最強的生物。所以人類更應該要學習如何謙卑地尊重共同生活在這個美麗星球上的所有生物，這樣才是真正「高貴的人類」啊！

附錄

- 遇到動物受困，而自身無經驗及裝備可以援助時，為維護自身安全可撥打119請求救援。
- 發現動物受虐，可撥打各縣市政府「動物保護防疫處」電話報案（可上網查詢），如情況緊急時可請管區警察查詢相關單位。
- 動物醫療及絕育補助等相關資訊，可詢問當地合格之獸醫院。
- 如需愛心領養動物，可詢問各地區動物疾病檢疫所流浪動物之家（在此處領養代替購買等於救命，因為收容時間到期，或收容量滿時動物即須安樂死）。
- 其他動物問題可在上班時間撥打動中華民國動物福利環保協進會專線：（02）2630-6011。

國家圖書館出版品預行編目資料

艾珍媽咪和動物貝比 / 譚艾珍著.
-- 初版. -- 臺北市：經典雜誌，慈濟傳播人文志業基金會，2012.12
288面；15 x 21公分
ISBN：978-986-6292-36-1（平裝）

855 101026413

艾珍媽咪和動物貝比

作　　者／譚艾珍（撰文及繪圖）
文字協助／翁雅蓁
照片提供／譚艾珍
發 行 人／王端正
總 編 輯／王志宏
叢書編輯／朱致賢、張嘉玲
美術指導／邱金俊
美術編輯／蘇家綿
校　　對／譚艾珍、歐陽靖、張嘉玲
出 版 者／經典雜誌
　　　　　財團法人慈濟傳播人文志業基金會
地　　址／台北市北投區立德路二號
電　　話／02-28989991
劃撥帳號／19924552
戶　　名／經典雜誌
製版印刷／禹利電子分色有限公司
經 銷 商／聯合發行股份有限公司
地　　址／新北市新店區寶橋路235巷6弄6號2樓
電　　話／02-29178022
出版日期／2012年12月初版
定　　價／新台幣320元

ISBN 978-986-6292-36-1（平裝）
Printed in Taiwan